Rosa Matteucci

Lourdes

Rosa Matteucci

Lourdes

Roman

Aus dem Italienischen von
Marianne Schneider

diaphanes

Für die Armut von Mama und Papa,
für den Ruin der Mühle,
für die unglückselige Werkbank,
für den Wein der Müdigkeit,
für die räudigen Schafe,
danke, mein Gott.

Aus dem Testament von
Bernadette Soubirous

Handlung und Personen des vorliegenden Werks sind frei erfunden. Jede Ähnlichkeit mit Lebenden oder Verstorbenen oder mit tatsächlichen Ereignissen ist rein zufällig.

Maria Angulemas kurze Reise nach Lourdes beginnt eine Woche vor der Abfahrt, die für Sonntag gleich nach dem Mittagessen festgesetzt ist, obwohl es kein Mittagessen geben wird, weil es keines geben kann, mit einer summarischen Generalprobe der zwei Uniformen, inbegriffen der weiße Schleier sowie die Kappe für die Zugfahrt, alles ausgeliehen bei Ascenzia Pagnottini, verwitwete Pellicciotti, wohnhaft in Lugnano in Teverina, Angestellte beim TÜV von Terni, Größe 44. Maria Angulema wird als freiwillige Schwester oder Schwesternhelferin die Kranken auf der Wallfahrt nach Lourdes begleiten. Sie wird im Weißen Zug reisen.

Der einzige Sohn der Witwe Pagnottini Pelliciotti, Vertreter in Schnapspralinen und Bonbons, hatte die Uniformen im Tabakladen zugleich Lotto-Annahmestelle hinterlegt, wo auch die Anmeldungen für die Wallfahrt entgegengenommen wurden. Und dort, im Hinterzimmer besagten Tabakladens, probiert Maria die abgelegte Krankenhauskluft der

Witwe, wobei sie von der einen Kaugummi mit Erdbeergeschmack kauenden Nichte der Frau des Ladenpächters gemustert wird.

Auf einem Bein stehend, wie aus Schamgefühl oder einer Vorahnung künftiger Scham, bedeckt sich Maria zuerst mit einem baumwollenen, hellblauen Kittelkleid, das in Schnitt und Farbe sofort an einen Operationssaal gemahnt. Das wird ihre Reiseuniform sein. Hellblaues Wickelkleid und weißes Schürzchen mit Brustlatz.

Das Kittelkleid gleicht einem Trapez, von dem mehrere strategische Bänder aus weißem Rips nach unten hängen. Der Apparat, der den Körper den archaischen Verwicklungen der Jungfräulichkeit gemäß umschließt, ist zuzuknöpfen: zuerst an der rechten Hüfte mittels eines zweireihigen Systems von Druckknöpfen, Knöpfchen und unerlässlichen Sicherheitsnadeln; dann an der linken durch ein komplexes Übereinanderlegen von Stoffbahnen.

Als Maria endlich in dem Kittelkleid steckt, hat sie das Gefühl, keine Luft zu kriegen, denn sie wird von den unsichtbaren Knopfreihen zusammengepresst und eingezwängt, trotzdem probiert sie ohne Zögern auch noch den weißen Plastikkragen mit den einschneidenden Rändern an. Zur Sauberhaltung des trapezförmigen Wickelkleides wird sie ein weißes Kellnerinnenschürzchen tragen, mit leichtem Batist abgepaspelt und mit einem Latz zur Abtötung der Brüste versehen (die sowieso klein sind, aber große, pralle, dunkle Warzen haben, die man auch unter der Zivilkleidung erahnen kann) sowie mit zwei auf dem Rücken zu kreuzenden Schärpen.

In der Nierengegend, wo die beiden rückwärtigen Teile des gepaspelten Kellnerinnenschürzchens übereinanderzulegen sind, vervollständigt eine wahre Orgie an Knopflöchern, Knöpfen und Knöpfchen die Gewandung. Auf dem Kopf schließlich wird Maria während der Reise eine düstere Witwenhaube aus grobem Hanf mit einem starren, senkrecht in die Höhe ragenden Schild tragen müssen.

Als Maria die Haube anprobiert, bekommt die Nichte der Ehefrau des Lottoannahmestellenbetreibers einen Lachkrampf und verschluckt bei einer Zuckung ihren Kaugummi.

Marias Ohren, von Natur aus abstehend, müssen gemäß den Verordnungen des Wallfahrtswerks, § 7, Absatz 3, aus der Kappe hervorstehen. Anträge auf Erlass werden nicht angenommen, Freistellungen sind nicht vorgesehen.

Die Reiseuniform befriedigte Marias Trieb zur Selbstverleugnung, denn sie verstärkte den Schmerz in ihrem Inneren, indem sie ihn nach außen hin sichtbar machte. Während die Nichte des Ladenpächters noch hustete, kamen zwei Kunden herein; als sie Maria so plump und ungeschlacht dastehen sahen: mit der für ihren Kopf zu engen Haube, den hinter den Brillengläsern aufgerissenen Augen und den abstehenden, rot angelaufenen Ohren, die alles in allem zwei kleinen Schweinskoteletts glichen, beschlossen sie, auf der Stelle einen Doppeltreffer zu spielen: 79, nämlich die Krämpfe, und 39, nämlich die Nonne. Dann kauften sie ein Zehner-Päckchen Marlboro.

Den Schleier wagte sie nicht anzuprobieren. Während sie sich rasch auszog, ahnte sie, dass die Strümpfe weiß, dick und aus Stretch sein mussten und kratzen würden. Die Schuhe würden ebenso weiß sein, ohne Absätze oder höchstens mit einem flachen Plateau versehen. Für den Dienst im Krankenhaus, den Maria zu leisten gebeten hatte, werden bequeme, weiße Pantoletten aus gelochtem Plastik, Wildlederimitat, empfohlen, erhältlich in Sanitätsfachgeschäften, aber auch auf Wochenmärkten, wo sie billiger sind.

Das Bündel Klamotten in einer Riesentüte des Hard Discount Il Pispolo Narni Scalo verstaut, macht sich Maria Angulema auf den Heimweg, am Steuer des Pkws ihrer Mutter, dessen Sitze mit Alkantara überzogen und mit Hundehaaren gespickt sind, seit der Spitz der Marchesa Anna Sofia auf ihnen einen Wurf toter Hündchen zur Welt gebracht und den Wagen darauf zu seinem privaten Salon erkoren hatte, wo er sich verkriechen konnte, um dem erstickenden Getue seines Frauchens zu entwischen. Während Maria im dritten Gang die Steigung nach Abbadia hinauf in Angriff nimmt, rezitiert sie aus Angst, der mit der Kühlung des Motors betraute, weise kleine Ventilator könne nicht angehen, eine befreiende Basmala.

Mit Gottes Hilfe gelangt sie nach Hause.

Kaum über der Schwelle, fällt die Angst über sie her, denn auf der Wallfahrt wird sie »dienen und gehorchen« müssen: vertrottelten alten Frauen das Hemd wechseln, den Nachttopf, »Schieber« genannt, ausleeren, Kranke im Rollstuhl herumfahren. Sie fühlt sich bedroht, zerbrechlich und schwach. Gerne fände sie einen Vorwand, um doch nicht abzureisen.

Der Uniformzwang ermutigt sie zwar, ist aber gleichzeitig eine Qual. Da probiert sie den Schleier an, der ihr ebenso wie die Haube mit hartnäckiger Grausamkeit die pochenden Schläfen und den ganzen Kopf einschnürt.

In der Woche vor der Abfahrt, die für Sonntag gleich nach dem Mittagessen festgesetzt ist (das Mittagessen, das früher im Hause Angulema Colazione genannt wurde und dessen formaler, unveränderlicher Ritus unter der Regie eines weiß behandschuhten Butlers ablief, bei dem die mit Grotesken verzierten Servietten aus flämischem Linnen die Größe eines Bettlakens für Neugeborene hatten und man erst aufstehen durfte, wenn alle mit dem Essen fertig waren), obwohl es kein Mittagessen geben wird, weil es keines geben kann, widmet sich Maria der Suche nach Ergänzungen für ihre Freiwilligentracht: weiße Schuhe, weiße Strümpfe, Sicherheitsnadeln und Zwirnhandschuhe für die Zeremonien.

Mit dem Eilzug um sieben Uhr einundzwanzig begibt sich Maria in die Hauptstadt. Auf dem Markt an der Via Sannio, am Stand des Strumpfspezialisten »er Carzettaro«, der damit beschäftigt ist, stöhnend in seinem Hosenschlitz herumzugraben, »Mario ist wieder da«, findet sie zwei Paar weiße Strümpfe mit klebrigem breitem Spitzenrand, einer silikonbehandelten Valenciennes-Imitation, um die sie sich mit einer Schwester vom nahen Krankenhaus San Giovanni streitet. Auch wenn das Modell »selbsthaftend mit Spitze« für ihre Obliegenheiten in Lourdes wohl nicht das geeignetste ist, verleiten sie der absolut günstige Preis, eintausendfünfhundert Lire das Paar, aber auch ein Anflug von selbstgefälliger Koketterie zum Erwerb. Gleich darauf bereut sie es und würde die Strümpfe am liebsten der Krankenschwester weiterverkaufen.

Die zum Befestigen des Schleiers notwendigen Sicherheitsnadeln und die weißen Zwirnhandschuhe kauft sie dagegen in einer antiquierten Kurzwarenhandlung; die Sicherheitsnadeln werden in ein Stück Zeitungspapier eingewickelt. Maria getraut sich nicht, den Kassenbeleg zu verlangen.

Auch beim obligatorischen Erwerb des Schuhwerks würde sie gern sparen. Nach zweitägigem Umherirren findet sie endlich auf einem Wochenmarkt voll schwitzender Hausfrauen für nur elftausend Lire ein Paar weiße Tennisschuhe, ein Produkt aus dem fernen China, die nach Rattengift stinken, ein oder vielleicht zwei Nummern über ihrer Schuhgröße, die schon ziemlich groß ist, aber erst, als sie wieder zu Hause ist, merkt sie, dass es sich um zwei rechte Schuhe handelt; außerdem kauft sie bei einem als »Bombe« bezeichneten Standbesitzer ein Paar Pantoletten aus weißem, gelochtem Plastik, Wildlederimitat, die so kurz sind, dass ihre

Ferse halb über die knappe Sohle hinausragt.

Diese Pantoletten, Marke Flyflot, behagen ihr sehr, denn sie erheben sie schlagartig in den Rang einer Krankenschwester. Zudem erweckt die Marke Flyflot in ihrem Gedächtnis das literarische Russland, Radost'-Stradanie, Tschechows Erzählungen, erinnert vor allem an *Das Duell*, in dem eine gewisse Nadežda Fëdorowna – Maria stellt sie sich vor wie die Literaturlehrerin an dem von ihr besuchten Provinzgymnasium: mit demselben vollkommenen Oval und denselben feinen Gesichtszügen – an einem Badeort auf der Krim in der Schmiege eines Fensters sitzt, mit der nervösen Handbewegung sich langweilender Frauen in der *Revue des Deux Mondes* blättert und von der Liebe träumt und dann einen Brief mit katastrophaler Wirkung schreibt. Aber auch an den Russian Tea Room in der Siebenundfünfzigsten Straße, wo vor nicht allzu langer Zeit die noch sehr junge Maria saß und dem Rechtsanwalt Aaron David Katz Jr. in die kurzsichtigen Augäpfel blickte und aus diesen angeblickt wurde, der Rechtsanwalt wollte nämlich die Genehmigung erhalten, sie zu lieben, obwohl deutlich sichtbar ein Rest Spinat durch den natürlichen Zwischenraum seiner oberen Schneidezähne lugte. Der Rechtsanwalt hatte weit auseinanderstehende Zähne. Aaron David missfiel Maria nicht, auch wenn er eine entfernte Ähnlichkeit mit Dracula hatte; nie wäre sie jedoch imstande gewesen, der Beziehung zu einem Mann eine offizielle Form zu geben, dessen Nachname in ihrer Heimat sofort dumme und bornierte Spötteleien ausgelöst hätte. Eine Mrs Maria Katz geb. Angulema würde es somit nie geben können, obwohl, wie ihre Schwester, die schöne Fran, ihr zum Trost gesagt hatte, Maria Katz geb. Angulema, nicht schlimmer gewesen wäre als Bernarda Tromba in Giardino, der Name der ehemaligen Haushälterin von Tante Maria Celeste. Die verwitwete Bernarda Tromba heiratete in zweiter Ehe einen gewissen Herrn Pompa. Da hätte Maria vielleicht noch nicht jede Hoffnung aufzugeben brauchen.

Bekanntlich tragen die freiwilligen Schwestern über der Uniform ein Cape aus dunkelblauem Tuch, das ihr Aussehen grundsätzlich verbessert. Nun hatte Maria das Glück, ein Cape zu besitzen, das ihre Ausrüstung perfekt ergänzte. Sie war geneigt, in seinem Besitz das offenkundige Zeichen eines unbekannten, höheren Wohlwollens, ein gutes Omen für den Erfolg ihrer Mission zu erblicken.

Das Cape war aus bestem Loden von dunkelblauer Farbe und hatte Knöpfe aus echtem, geschnitztem Bein, einen Kragen mit Wildlederapplikationen in etwas hellerem Dunkelblau sowie eine abnehmbare Kapuze. Eine versilberte Kette im Inneren des Kragens diente dazu, das Cape aufzuhängen, damit es nicht zerknitterte. Maria hatte es nie getragen, weil sie nie eine Gelegenheit dafür gehabt hatte, oder vielleicht auch nur, weil ihre Schwester, die schöne Fran, zu ihr gesagt hatte, mit diesem Cape sehe sie aus »wie ein Gnom«, und ihre Mutter, die Marchesa Anna Sofia, hatte es noch weiter getrieben mit ihrer Behauptung, sie sehe eher »wie ein Kobold« aus, was für Maria noch beleidigender klang: Denn obschon sie im Bilde war über das im Grunde milde Wesen des germanischen Elfen, konnte sie nicht umhin, aus diesen Silben die Beschwörung eines bösen Geistes herauszuhören.

Nur ihr Vater Orso, der Science-Fiction-Bär, hätte sie verteidigt, wenn er noch am Leben gewesen wäre, und hätte eine seiner verschrobenen Theorien entwickelt, die die Wirklichkeit zu verklären vermochten, indem sie sie im Lichtschein eines unmöglichen Glücksgefühls erstrahlen ließen. Aber Orso war vor kurzem bei einem Autounfall ums Leben gekommen.

Unter den verächtlichen Blicken ihrer Mutter, die ihre Entscheidung, als Krankenschwester und Dienstmädchen nach Lourdes zu fahren, nicht billigte, machte sich Maria ans Packen.

Der Kofferbestand der Familie war ein Sammelsurium riesiger, altertümlicher Lederkoffer, schwer und mit aufgerissenen Nähten, von der Mutter vollgestopft mit alten Kleidern und Stoffresten, die sie früher, als sie noch reich war, von ihren Schneiderinnen zurückbekam.

Außerdem war da noch ein Militärrucksack aus rauem, grünlichem Tuch mit Metallschnallen und Reißverschlüssen, ein verschimmelter Hutkoffer voller Tüll und ein Mantelsack, von dem nur mehr eine Art schmutzige, durchgescheuerte Decke übrig geblieben war. Lange kramte Maria in diesem Leprosarium herum, bis ihre Hände und ein Teil der Unterarme mit Blasen und juckenden Pusteln bedeckt waren, die der Staub hatte hervorsprießen lassen.

Als sie schon jede Hoffnung aufgegeben hatte und nicht mehr weitersuchte, da sie das Kratzen zu sehr in Anspruch nahm, kamen ihr einige Taschen aus verstärktem Plastik zu Hilfe, leuchtend blau mit knallgelben, fluoreszierenden Einsätzen, ein Werbegeschenk von Idea Turismo als Prämie für eine Reise nach Ägypten.

Es handelte sich um eine Komplettgarnitur: eine Maxireisetasche, eine Umhängetasche mit verstellbarem Schulterriemen, als Handgepäck gedacht, und eine Gürteltasche für die Papiere. In dem, was mit unanfechtbarer Überlegenheit als Maxireisetasche definiert wurde, verstaute Maria in den Kratzpausen: das dunkelblaue Lodencape, sorgfältig mehrmals zusammengelegt, dass es schließlich aussah wie ein großer Kegel aus geknülltem Stoff; die Pantoletten aus weißem, gelochtem Plastik, Wildlederimitat, in Zeitungspapier eingewickelt; ein weißes Schürzenkleid, Typ Apothekerkittel, welche die Uniform für den Dienst vor Ort darstellte; den Schleier; das weiße Schürzchen und den Plastikkragen mit den einschneidenden Rändern; ein weißes T-Shirt, als Nachthemd zu benutzen; ein dunkelblaues Wolljäckchen; die zwei nach Rattengift stinkenden Turnschuhe für den rechten Fuß; ein Paar weiße, selbsthaftende Strümpfe mit klebrigem Spitzenrand, silikonbehandeltes Valenciennes-Imitat; ein Sortiment züchtiger weißer Baumwollunterhosen mit feinem Rippenmuster, die ihr bis zur Taille reichten, deren Umfang beneidenswerte 63 cm betrug.

In limine liminis legte sie noch ein T-Shirt zum Wechseln

hinein sowie ein von tiefen, schwärzlichen Rissen durchfurchtes Stück Kernseife, eine Bürste für die Haarmähne, eine Seife für die Körperpflege, eine Stange Zigaretten (Multifilter) und eine Schnur zum Aufhängen der Wäsche, die sie heimlich in ihrem Hotelzimmer zu waschen gedachte.

In die Umhängetasche mit verstellbarem Schulterriemen, als Handgepäck gedacht, legte sie eine Zweiliterflasche Wasser, zwei linierte Hefte, ihren Lieblingsfüllfederhalter aus Chinalack, den Roman *Farandola dei cuori* von Liala, einen Taschenspiegel, zwei Pinzetten zum Auszupfen der entstellenden, borstigen Härchen, die ihr am Kinn wuchsen, sowie einen einfachen Rosenkranz mit Holzperlen, gefunden unter einer Bank im öffentlichen Park der Provinzstadt, in der sie wohnte.

In der modernen Gürteltasche, die das Reisetaschenset von Idea Turismo vervollständigte, versteckte sie das Geld, das aus alten, riesigen, schweren, vielleicht schon aus dem Verkehr gezogenen Fünf-Franc-Münzen bestand, den Personalausweis, den nie jemand verlangen würde, das Schneuztüchlein, die Sonnenbrille, die Sicherheitsnadeln, den Kalender mit den Arbeitsschichten und zuletzt den mit schwarzem Stoff überzogenen Trauerknopf, den sie sich irgendwann über der Herzgegend anheften würde.

Denn zu Marias Gepäck gehörte auch die schmerzende Bürde eines Gefühls, die um jeden Preis dem Absender zurückgegeben werden musste und die auch der Grund war, warum sie beschlossen hatte, die Reise nach Lourdes zu unternehmen. Es war das in ihr Gedächtnis eingebrannte Gesicht des Science-Fiction-Helden Orso, ihres Vaters, so, wie sie gezwungen worden war, es – dem Gesetz des Staates gemäß – anzusehen, nachdem er eines gewaltsamen Todes krepiert war und man ihn dann auf dem Metalltisch der Leichenkammer hatte liegen lassen.

Eingehüllt in den Pesthauch von Verdorbenem wartete Orso darauf, dass ein Arzt ihn öffnete, als wäre er eine Dose Thunfisch, um dann in seinem Körper herumzuwühlen und da und dort ein Stückchen abzutrennen. Was danach aus diesen Funden und dem ganzen Wust der Gedärme geworden war, erfuhr Maria nie. Aber sie fragte es sich noch lange, vor allem nachts, wenn sie vor Angst aufwachte, weil das in eine blutige Maske verwandelte Gesicht ihres Vaters ihre Träume verseuchte.

Über dem Leichnam hing ein scharfer Geruch nach Karbolsäure und Kreolin, in den sich der unverwechselbare Hauch der Verwesungsgase mischte. Drei Tage schon dauerte das Warten auf die Autopsie.

Obwohl sich Maria absolute Gleichgültigkeit auferlegt hatte, war sie schließlich doch von dieser mephitischen und unauslöschlichen Essenz überwältigt worden: Denn die hängte sich in ihr Haar, das in Öl ersoffenen Rattenschwänzen ähnlich geworden war, an ihre Hände, die sich in runzlige Hühnerkrallen verwandelt hatten, und an ihr schwarzes Jäckchen aus wasserabstoßendem Stoff, bei dem eine Ecke der rechten Tasche aufgerissen war.

In der Trostlosigkeit jener kahlen Kammer hatte Maria ihren Vater offiziell identifiziert, wenn sie sich auch schon vorher, während sie die rituellen Formalitäten erledigte und mit zitternder Hand den Ausweis vorzeigte, auf eigene Verantwortung als »Tochter« erklärt hatte.

Am Fußende des Metalltischs war ein grüner Plastikschlauch liegengeblieben, wie man sie gewöhnlich zum Gießen von Beeten und Rasenstücken verwendet, im hiesigen Dialekt »Darm« genannt. In dieser unseligen Umgebung bekam der vertraute Gebrauchsgegenstand plötzlich etwas Mysteriöses, als sei er ein unerlässlicher Bestandteil der Folterwerkzeuge – die sich Maria vorzustellen zwang, auch wenn ihr Denken nicht weiter reichte als bis zu einer Geflügelschere und einer Säge.

Maria betrachtete also in ihrer Eigenschaft als Tochter (als welche sie sich auf eigene Verantwortung erklärt hatte) das grauenvolle Bild ihres »infolge« eines Autounfalls verstorbenen Vaters. »Es wäre besser gewesen, wenn er auf der Stelle tot gewesen wäre«, ging es Maria durch den Kopf.

An jenem Sonntagnachmittag fiel ein feiner Nieselregen.

Gegen fünfzehn Uhr dreißig, bei km 7,64 auf der Autostrada del Sole, Richtung Norden, geriet der Wagen, in dem Orso fuhr, aufgrund der überhöhten Geschwindigkeit und der reduzierten Reifenhaftung auf dem durch den Regen schmierig gewordenen Straßenbelag plötzlich ins Schleudern und schlug gegen die Leitplanke. Durch die Heftigkeit des Aufpralls wurde der Körper des Fahrers durch das Heckfenster aus dem Wagen geschleudert und landete auf einem Moospolster am Rand der Autobahn, das mit den Abfällen und dem gespenstischen Schrott vergangener Unfälle verunziert war. Um ihn herum, der reglos und leise klagend in seinem grauen, bis zum Hals zugeknöpften Mantel dalag, eine Tüte Kartoffelchips, die im Wind raschelte, zwei Plastiktüten, in die es reichlich hineingeregnet hatte, ein Stück einer autolosen Stoßstange, eine Felge, ein Präservativ, drei Büschel gelb gewordenes Katzengras und eine Damenstiefelette Größe 37. Sein Wagen fuhr einsam und ohne Kontrolle weiter, bis er sich nach zweihundert Metern auf der rechten Fahrbahn überschlug.

Als Maria ins Krankenhaus kam, allein, weil die Marchesa Anna Sofia und die Schwester sich am selben Nachmittag aufgemacht hatten, um Tante Maria Celeste zu besuchen, war es schon nach sieben Uhr Abend und es regnete nicht mehr. Überall staute sich der Nebel. Die Krankenhausinsassen hatten das Abendessen hinter sich und in den Gängen hing der unverwechselbare Geruch nach Brühwürfelsuppe, gemischt mit einem Hauch Desinfektionsmittel und Pisse.

Sie sah ihren Vater, als er auf einer Bahre liegend und von einer dicken Krankenschwester geschoben den Verbandsaal verließ, während hinter ihm die zwei mit grünem Kunstleder gepolsterten, verbolzten Türflügel zuschlugen wie die eines Saloons in einem Western. Orsos Kopf war vollständig eingebunden, er sah aus wie ein hartes Ei; sein rechter

Arm war eingegipst und sein rechtes Bein lag im Streckverband: In seiner Ferse steckte ein Nagel, an dem eine Art grober achteckiger Zementziegel hing. Maria ging ein Stich mitten durch die Brust, als sie die blutgetränkte Binde auf seiner Stirn sah. In ihrer Eigenschaft als nahe Verwandte wurde ihr erlaubt, dem Zug zu folgen, zu dem zwei Krankenschwestern gehörten: eine dicke, die missmutig die Bahre schob, und eine kleine, welche hinterherschlurfte, wie eine Reliquie die Stange mit dem Tropf haltend, der im linken Arm des Patienten steckte; vor der Schwelle von Zimmers sechs, zu dem sie keinen Zutritt hatte, musste sie haltmachen. Da blieb sie eine unvorstellbar lange Zeit stehen, bis ein Arzt aus der Tür kam, der auf ihre Fragen mit einem ebenso lakonischen wie schreckeneinflößenden »multiples Trauma« antwortete, dann die prognostizierte Krankheitsdauer von vierzig Tagen bestätigte und verschwand. Maria setzte sich ans Fußende des Betts, in dem Orso immer noch klagte. Im Lauf jener Nacht fragte Maria mehrmals die Krankenschwestern, die kamen, um Blutentnahmen zu machen, ob man außer der Röntgenaufnahme des Bauchs auch eine des Brustkorbs machen könnte, weil sie einen großen blauen Fleck über den Rippen festgestellt hatte. Nachdem sie immer wieder damit anfing, antworteten diese, es sei Sonntagabend, der Patient sei zweiundsiebzig, die Ärzte seien zum Schlafen nach Hause gegangen, kurz, wenn sie den Brustkorb nicht geröntgt hätten, dann heiße das doch wohl, es sei in Ordnung so. Orso begann sich herumzuwerfen und schrie beinahe; die anderen Kranken äußerten ihr Unbehagen mit einem Chor von Verwünschungen, Hustenanfällen und Flüchen, die sie mit Fürzen begleiteten. Um zu verhindern, dass ihr Vater aus dem Bett fiel, warf sich Maria auf ihn; und eben bei dieser Art Nahkampf geschah es, dass die Tasche ihres Jäckchens aufriss. Schließlich erschien eine Krankenschwester und gab ihm eine Spritze. »Sie werden sehen, dass er sich jetzt beruhigt.« Es war, als würde der Kranke zu schnarchen anfangen. Zehn Minuten später war er tot: Eine Rippe hatte ihm den rechten Lungenflügel durchstochen. Er war zweiundsiebzig und es war Sonntagabend.

Als sie Orso auf dem Metalltisch der Leichenkammer wiedersah, kam aus jedem Nasenloch ein Faden geronnenen Blutes. Diese zwei völlig gleichen Spuren liefen am Rand der unglaublich dünnen Lippen entlang, die zu einer Grimasse verzerrt waren, wie sie entsteht, wenn man gezwungen ist, etwas gegen seinen Willen zu schlucken, und so lange wie möglich Widerstand leistet, dann liefen sie weiter hinab über das Kinn – wo man bei genauerem Hinsehen die weißen und schwarzen Stoppeln des neu sprießenden Bartes sah –, sie flossen über das Doppelkinn, zeichneten die männliche Erhebung des Adamsapfels nach, um sich schließlich auf der Brust zu vereinen, die zur Hälfte von einer unnützen, gewiss nicht wärmenden Decke aus grünem Wachstuch bedeckt war.

Als Maria das Gesicht ihres Vaters genau betrachtete, war sie sich auf einmal sicher, dass sich zwischen dem geronnenen Blut, dem sie in ihrer Naivität die Schuld an seinem physischen Tod zuschob, Stückchen des zerkauten und dann ausgespuckten Fruchtfleisches einer Orange befanden. Sie beschloss auf der Stelle, ihn zu reinigen, da ihr dieses ausgespuckte Zeug unwürdig vorkam, und mit der Höhlung des sehr langen Nagels ihres rechten Zeigefingers kratzte sie ein schwärzliches Klümpchen weg.

Während sie den Brei besah, erblickte ein Arzt, der zerstreut dem Ritual der Identifizierung beiwohnte, ihre Geste und fühlte sich ziemlich angegriffen. Mit harten, bissigen Worten wies er sie scharf zurecht, wobei er ihr mit erhobenem Zeigefinger eine sichere Vergiftung androhte. Nach seiner Meinung war die törichte Maria bereits angesteckt von einer tödlichen Substanz, die sich im Blut von Leichen bildet.

Maria antwortete ihm, er solle sich um seinen eigenen Kram kümmern. Sie wischte sich den Finger an ihrem Jäckchen ab und steckte sich das Kügelchen sicherheitshalber in die Tasche.

Als die Autopsie, die einen ganzen Tag dauerte, zu Ende war, wurde Orso gewaschen und angezogen und dann in der Totenkammer des Krankenhauses aufgebahrt, zusammen mit zwei anderen Toten, die aber die angrenzenden Kämmerchen einnahmen. Man kam sich vor wie am Hauptbahnhof von Rom: ein ständiges Kommen und Gehen von einfachem Volk, das sich von den anderen beiden verabschieden wollte. Weil sie ohnehin da war, wollte Maria auch die anderen beiden sehen.

Die eine war eine Alte mit Hakennase, weiß wie eine Wand, kalt und steif, mit störrischem, missmutigem Gesichtsausdruck. Die übliche Sorte alter Weiber näherten sich der »armen Terzilia« und starrten sie mit obszöner Neugier an.

Der andere war ein gewaltiger Mann mit einem Riesenbauch, ein Wassersüchtiger mit rot angelaufenem Gesicht, dem sie einen zerknitterten und offensichtlich zu engen Anzug und ein Paar neue, eigens zu dem Zweck angeschaffte Schuhe angezogen hatten. Die Umstehenden behaupteten allgemein, er habe »wirklich einen schönen Tod« gehabt, denn er war krepiert, während er zu Abend aß. »Er steht vom Tisch auf, sagt ›Marie‹ zu seiner Frau, dann wird er blass, fällt um und ist tot.«

»Wirklich ein schöner Tod.«

Wo Orso, der Science-Fiction-Held, aufgebahrt war, keine einzige Blume, die beiden anderen Kämmerchen quollen über von Blumen. Sein Körper sah nicht mehr aus wie ein Stockfisch, sein Fleisch war wieder weich geworden und sein Gesicht hatte eine schöne rosige Farbe, auch wenn seine Wangen dunkelrot gefärbt waren wie bei einem kräftigen Weintrinker. Man hatte ihm einen seiner Zweireiher angezogen. Maria hatte ihn ausgesucht, dazu das Hemd, die Socken, die Krawatte und die Schuhe. Orsos Schuhe waren weder alt noch neu. Sie waren wirklich o.k. für eine Beerdigung.

Den Hemdkragen hatte man nicht zuknöpfen können, weswegen die Krawatte, eine Fliege, einfach darübergelegt worden war. Maria war sehr enttäuscht.

Der Sarg, das Basismodell der großen Auswahl der auf dem Markt erhältlichen Bahren, war mit plissiertem, violettem Rayon ausgeschlagen.

Nachdem der Sarg mit einem dumpfen Schlag geschlossen worden war, schritt man zur Totenmesse, die in der angrenzenden Krankenhauskirche gefeiert wurde. Orso war als Erster vorgemerkt, danach sollten die Messen für die anderen beiden gelesen werden, deren Kränze, Kissen und Blumensträuße währenddessen von den Totengräbern geordnet wurden.

Während der Messe fand Maria, die in ihrer Eigenschaft als Tochter neben der Marchesa Anna Sofia und ihrer Schwester in der ersten Reihe saß, Trost in einer Dose Cola. Bei der Kommunion rülpste sie krachend laut. Während der Sarg hinausgetragen wurde, beschloss sie, nach Lourdes zu reisen, um vom Herrgott eine förmliche Erklärung und vielleicht auch Genugtuung für dieses Leid einzufordern.

Die schmerzende und verletzende Bürde, die der sinnlose Tod ihres Vaters war, würde Maria jemandem zurückgeben, sie wusste nicht genau wem und wie, aber jedenfalls der Dame, die an jenem Ort erschienen war, der Mutter *par excellence*; sie brauchte nur die Grotte von Massabielle zu betreten. Sie würde die Grotte betreten und würde sagen: »Na, was jetzt?«

Am Tag der Abreise, die für Sonntag gleich nach dem Mittagessen festgesetzt war, obwohl es kein Mittagessen gab, weil es keines geben konnte, ging Maria Angulema mit leerem Magen und in Zivilkleidung aus dem Haus, das Taschen-Set von Idea Turismo mitschleppend. Die schmerzende Bürde des Gefühls war mit dabei, wenn man sie auch nicht sehen konnte, und lag wie ein Felsblock auf ihrer Seele.

Mindestens zwei Stunden zu früh an dem für die Zusammenkunft der Teilnehmer vereinbarten Ort, dem Parkplatz des örtlichen Bahnhofs, angekommen, schritt Maria Angulema in den dortigen öffentlichen Klos zur Einkleidung.

Zuerst betrat sie das Männerklo, wo der Anblick der an der Wand hängenden Pissoirs sie aus ihrem Dämmerzustand aufrüttelte, der sie ganz mitgenommen hatte, und wie ferngesteuert erreichte sie die einzige benutzbare, obgleich nicht abschließbare Frauentoilette, wo sie, auf dem schlammigen und von schwarzen Fußspuren durchzogenen Boden auf einem Bein stehend, um den unvermeidlichen Kontakt mit dem, was allem Anschein nach nur Pissepfützen sein konnten, auf ein Minimum zu reduzieren, sich entblößte; da sie aber nicht wusste, wohin sie ihre Klamotten legen sollte, sah sie sich gezwungen, sie mit den Zähnen festzuhalten wie ein Hund. Dann legte sie das hellblaue Kittelkleid und den Plastikkragen mit den einschneidenden Rändern an, drapierte das gepaspelte Kellnerinnenschürzchen darüber, ohne jedoch am unteren Rücken des Gewirrs von Knöpfen und Knopflöchern Herr zu werden; sich gegen die Klobrille stemmend, schlüpfte sie in die hinreißenden, selbsthaftenden Strümpfe mit dem zehn Zentimeter breiten Rand aus Silikonspitze, fuhr in die zwei Turnschuhe für den rechten Fuß, wobei es ihr trotz allem gelang, in dem einen auch den linken Fuß unterzubringen, und schließlich krönte sie das Werk, indem sie sich die grässliche Haube auf den Kopf setzte, der bereits zu schmerzen begann. Sie war fertig. Im Vorraum der Toilette hing über einem winzigen Waschbecken ein schwarz angelaufener Spiegel, in dem Maria, die sich nicht anzuschauen wagte, einen Teil ihres Bildes auffing: Sie sah aus wie eine schwachsinnige Köchin.

Inzwischen hatte sich auf dem Bahnhofsparkplatz unter dem Plexiglasdach der Be- und Entladezone eine lärmende Menge versammelt, die sich zusammensetzte aus Pilgern, Verwandten der Pilger, echten Kranken, Verwandten und Familienangehörigen der echten Kranken, eingebildeten Kranken, Verwandten und Familienangehörigen der eingebildeten Kranken, Schaulustigen, Nichtstuern, Wehrpflichtigen, die Ausgang hatten, nigerianischen Nutten, wohltätigen Schwestern oder Schwesternhelferinnen – letztere erkennbar, weil sie die gleiche Uniform trugen wie Maria –, Krankenträgern oder Brüdern.

Maria, die sich schämte, als hätte sie etwas gestohlen, drückte sich an die Tuffsteinmauer einer Kasematte, die sich etwa zehn Meter von der krakeelenden Schar der Teilnehmer entfernt befand.

Vorsichtshalber verbarg Maria ihre abstehenden Ohren unter der Haube der schwachsinnigen Köchin, auf die Vorschriften pfeifend, die es ausdrücklich verboten; dann ersetzte sie ihre Brille durch eine Sonnenbrille, steckte sich eine Multifilter an und wartete. Es wurden gerade die Namen aufgerufen.

Sie spürte, wie ihr trotz der Schwüle eiskalter Schweiß über die Hüften hinunterrann. Sicherlich hätte niemand an diesem Ort, dem riesigen Parkplatz in der prallen Sonne, am frühen Nachmittag eines Septembersonntags hinter dieser Maskierung Maria Angulema vermutet, und keiner derer, die ihren Großvater, den Marchese, gekannt hatten, wäre auf die Idee gekommen, dass das einsame, weiße Nönnchen, das da an der Mauer der Kasematte lehnte, in einer großen, kühlen Villa geboren war, der Sommerresidenz der mütterlichen Familie, einem wohlbewachten Haus mit prächtigen und behaglich eingerichteten Zimmern – wie das »chinesische Schlafgemach« oder der »rote Salon«, an deren Wänden

Spiegel mit blattvergoldeten Stuckrahmen das Verhalten der Besitzer kontrollierten, allen voran das des Urgroßvaters, Senator des Königreichs, und es bis zur Vollkommenheit immer wieder verbesserten.

Von den einstigen aristokratischen Annehmlichkeiten hatte Maria Angulema, schon in der Zeit des Verfalls geboren, die dem endgültigen Zusammenbruch und der Verarmung um ein weniges vorausging, nur die Hände geerbt: lange, männliche, schmale Hände mit Fingernägeln, von denen keiner dem anderen glich, purpurgeborene, untätige Hände, das Erbe mehrerer Generationen von Nichtstuern, Grundbesitzern von Beruf.

Während sie immer noch wie eine Eidechse an der Mauer der Tuffsteinkasematte klebte, in der erbarmungslos herunterbrennenden Sonne, die sich einem ins Hirn grub, mit der lächerlichen Haube einer schwachsinnigen Köchin auf ihrem Kopf, rauchte Maria Angulema die Zigarette zu Ende, worauf sie einen bitteren, trockenen Mund bekam, und als sie aufblickte, erkannte sie in der bewegten Schar der Pilger zwei Frauen aus dem früheren Gesinde des Großvaters. Mutter und Tochter. Zur Zeit des Großvaters war die Mutter ein junges Mädchen gewesen, die Tochter gab es noch nicht. Trotzdem war auch die damals noch nicht gezeugte Tochter dieser Frau für Maria *de facto* und *de iure* eine ehemalige Bäuerin des Großvaters.

Im Übrigen waren in dem Dorf, wo Maria vor achtundzwanzig Jahren geboren war und wo sie nach dem Verfall ihrer Familie auch weiterhin lebte, die Bewohner zum großen Teil Kinder oder Enkel der Pächter ihres Großvaters. Maria kannte jeden Einzelnen von ihnen, als seien sie alle Seelen in ihrem Besitz, und sie fürchtete ihre Blicke und ihre Urteile und den uralten Groll, der sie beseelte und der die Befreiung von der niemals tilgbaren Knechtschaft der Scholle überlebt hatte.

Zu den ehemaligen Bauern ihres Großvaters, seinen natürlichen, biblischen Untertanen, unterhielt Maria ein archetypisches Verhältnis zwischen Liebe und Hass, deren Proportionen und Intensität äußerst wandelbar waren, da sie vom Wechsel der Wetterlage, vom Nordwind, vom feuchtwarmen Südwind und von dem furchterregenden »Traversone« abhingen. Obwohl Maria in der Zeit des offenkundigen Niedergangs geboren war, hatte sie das Privileg, das einer stillschweigenden Übereinkunft entsprechend den adeligen Kindern zukam, vom zartesten Alter an als »das gnädige Fräulein« bezeichnet zu werden, auch wenn die Bauern dann unüberwindbare Schwierigkeiten hatten, sie mit dem legitimen »Sie« anzusprechen, und hartnäckig am Gebrauch des »Ihr« festhielten.

Einem angeborenen, unausrottbaren Kastengeist folgend, hatte Maria Angulema zuerst als Kind und dann als Erwachsene die nun schon dreißigjährige Befreiung dieser Leute von der Mühsal der Halbpacht nie akzeptiert, sodass sie jedes Mal, wenn sie einem von ihnen begegnete, egal ob alt oder jung, wobei die Alten immer noch eine gewisse Servilität an den Tag legten, unabänderlich leiden musste, weil sie einem Wohlleben, einem Luxus nachweinte, an den sie sich gar nicht mehr erinnerte. Den sie eigentlich kaum erlebt hatte.

Die Mutter, die Maria noch vor Augen hatte, wie sie dick und rotgesichtig, jung verheiratet mit einem von ihrem Schlag, im Nutzgarten oder im Weinberg stand, Männerschuhe an den Füßen, eine Mistgabel in den Händen und ein Tuch um den Kopf gewickelt, gerade in eine rohe Wurst beißend, trug jetzt für die Reise ein dunkelblaues Chanelkostüm - eine Imitation - mit eisgrauen Posamenten gesäumt und mit goldenen Knöpfen, auf welche die zwei verknoteten C des Originals gestempelt waren. Dieses Detail behagte ihr nicht, denn damit sah das Kostüm wirklich nach echt Chanel aus. An den Füßen, die breit und dick waren, trug sie dunkelblaue Sandalen, ebenfalls Chanel. Die Handtasche wagte sie nicht anzuschauen. Womöglich hatte sie sogar ein Paar Handschuhe aus Ziegenleder.

Angesichts dieser zweifellos eleganten Frau, deren grobe Züge freilich auf den ersten Blick ihre plebejische Herkunft verrieten, konnte Maria nichts anderes tun, als wehmütig ihre zwei langen Flossen zu betrachten, die in je einem Tennisschuh für den rechten Fuß gescheitert waren, von denen jetzt ein unverwechselbarer Gestank nach Rattengift hochstieg.

Die Tochter der Dame im dunkelblauen Chanel war nach der Mode gekleidet, die bei der Jugend des reichen Bürgertums der Hauptstadt üblich war; Maria war der Stil vertraut, weil sie ein Jahr lang ein Gymnasium im Zentrum Roms besucht hatte. Sie trug insbesondere ein Paar Mokassins aus braunem Kalbsleder mit Krokodilmuster, wunderbare Schuhe, die mindestens eine halbe Million Lire kosteten: ungefähr die Summe, die Maria unter Mühen zusammengekratzt hatte, um ihre Reise nach Lourdes zu finanzieren.

Der Anblick der Mokassins versetzte ihr den Gnadenstoß. Halb erschlagen blieb sie weiter an die Mauer der Kasematte gelehnt. Sie antwortete nicht, als sie aufgerufen wurde, im Gegenteil, als ihr Name von einer griesgrämigen alten Schwester ausgesprochen wurde, presste sie sich noch enger an die Wand. Von den Sonnenstrahlen belästigt, zog sie trotz der dunklen Brillengläser die Augen zusammen; sie wollte etwas Bedeutendes tun, wusste aber nicht was. Da fiel ihr der Knopf aus schwarzem Tuch ein, den sie in die Gürteltasche gelegt hatte, und sie heftete ihn sich mit herausfordernder Miene über das Herz, neben das Kärtchen, auf das sie mit Füller ihren Namen geschrieben hatte. Und erst dann antwortete sie mit erstickter Stimme: »Hier«. Dann zog sie, der Vorschrift eingedenk, ihre Ohren aus der Haube.

Sie sah, wie ihre ehemaligen Leibeigenen in einem der Überlandbusse Platz nahmen, die zum Bahnhof von Terontola fuhren, wo der Trupp der Teilnehmer in den Weißen Zug steigen würde.

Während sie vergebens versuchte, die Zange des weißen Plastikkragens mit den einschneidenden Rändern und dem obersten Knopf, der in allen Einzelheiten einem gewöhnlichen Reißnagel glich, zu lockern, näherte sich Maria Angulema unschlüssig und erhitzt dem Reisebus.

Sie nahm neben einer schmutzig aussehenden Alten Platz. Die Frau schaute ihr in die Augen, ohne zu grüßen. Sie roch nach fettigem Haar und Wein.

Beim Hinsetzen erblickte Maria ihr Bild im Glas des Fensters gespiegelt: Das Vollmondgesicht, überragt von der Haube einer schwachsinnigen Köchin mit dem starr nach oben gerichteten Schild und den daraus hervorkommenden, abstehenden Ohren hatte etwas Zweideutiges.

Sie schloss die Augen, sie hätte schlafen mögen oder, noch lieber, verschwinden. Kaum fuhr der Bus los, wurde ein Ave Maria angestimmt. Das hatte sie nicht erwartet. Sie schwieg wie betäubt, während die Alte neben ihr lauthals betete. Als das Ave Maria zu Ende war, fiel die Alte mit einer Reihe Fragen über sie her: »Wann sind wir da?«, »Was sind Sie eigentlich, Krankenschwester?«, »Wie spät ist es?«, »Fräulein, wann sind wir endlich da?«, und Maria bemühte sich, ihr beruhigende Antworten zu geben.

Genau um die Zeit, als der Reisebus losfuhr, wurde im Fernsehen ein wichtiges Autorennen übertragen, weswegen der Fahrer, überzeugt, den Kranken und den Pilgern eine Freude zu machen, den kleinen Bildschirm unter dem Rückspiegel auf die höchste Lautstärke einschaltete.

Ganz hinten im Bus, wo Maria Angulema neben der Alten mit dem fettigen und übelriechenden Haar saß, hallte das Dröhnen der Autos auf der Rennbahn wider, zerriss den benommenen und an sich schon verblödeten Leuten ihr armes Trommelfell und zerrte an den Nerven.

Mit der gnadenlosen Geräuschkulisse des Autorennens erreichte man, wie es Gott wollte, den Bahnhof von Terontola. Alle gleichermaßen, die echten Kranken, die eingebildeten Kranken, die Pilger und das freiwillige Personal, ergossen sich, einander stoßend und schubsend, in die Bahnhofskneipe, als würden sie schon seit Tagen reisen, ohne je angehalten zu haben. In Wirklichkeit hatte die Fahrt nicht einmal eine Stunde gedauert.

Den Status vergessend, den ihr die Uniform verlieh, kam Maria Angulema auf die unvorsichtige Idee, an einem Tischchen der Kneipe Platz zu nehmen, wo sie gierig zwei Wassereis, eins mit Cola- und das andere mit Pfefferminzgeschmack, vertilgte; dann verfügte sie sich, um dem Gedränge im Saal zu entgehen, auf die Bahnhofstoiletten, wo sie sich vom Zwang der Haube befreite und eine Zigarette rauchte.

Folge dieser unerhörten Aufsässigkeit war ein schriftlicher Bericht, den zwei erzürnte freiwillige Schwestern *brevi manu* der Oberschwester überreichten und in dem sie erklärten, sie hätten gesehen, wie Maria zuerst »bequem in der Kneipe saß«, wo sie sich mit nicht näher definierten, doch sündhaften »Süßigkeiten« vollstopfte, anstatt den Pilgern und den Kranken bei eventuellen Bedürfnissen beizustehen, und hinterher, wie sie »ohne Haube und in eine Wolke ungesunden Zigarettenrauchs gehüllt aus der Damentoilette kam«.

Kurz, schon am Bahnhof von Terentola, das heißt, bevor die eigentliche Reise begann, war Maria Angulema als Drückebergerin erkannt und abgestempelt worden.

In ihrer Verzagtheit blieb Maria vor den Klos stehen und empfand Reue darüber, nicht darum gebeten zu haben, als Kranke mitreisen zu dürfen: die Haube schief auf dem Kopf, den schwarzen Trauerknopf übers Herz geheftet, zu verschüchtert, um den Blick vom Boden zu erheben, ihre hässlichen Tennisschuhe betrachtend, die nach Rattengift rochen. Um sie herum ödes Gelände mit frühzeitig gelb gewordenem Unkraut, über das der heiße Wind hinstrich, trostloses Land ohne Horizont, ohne Bäume, ohne Häuser, in dem ein einsamer, mit einer Flinte ausgerüsteter Jäger umherwanderte.

Maria wollte gerade anfangen zu weinen, aber genau da wurde sie von der führerlosen Herde der Pilger eingekreist und gestoßen, die endlich die Klos entdeckt hatten.

Es blieb ihr nichts anderes übrig, als sich auf den Bahnsteig von Gleis zwei, die einzige Alternative zu Bahnsteig eins, zu begeben, wo sie sich aufs Neue an die Mauer des Hauptgebäudes drückte und hin und wieder in die Richtung spähte, aus welcher der Weiße Zug eintreffen musste.

Die anderen freiwilligen Schwestern ignorierten sie, obwohl sie ihr manchmal misstrauische Blicke zuwarfen; sie waren fast alle befreundet und trippelten unermüdlich in kleinen Gruppen das Gleis entlang. Sie waren niedlich und sauber und ihre weißen Uniformen waren perfekt gebügelt. Keine von ihnen sah wie eine schwachsinnige Köchin aus, manchen stand die grässliche Haube sogar gut zu Gesicht.

Nach einer Zeit, die ihr unglaublich lang vorkam, traf der Weiße Zug ein. Am ersten Waggon das Schild »Perugia-Lourdes«. Der einsame Jäger hatte sich auf die Gleisbettung gehockt und starrte von dort aus stumpfsinnig auf die Pilgergruppe. Sowie der Zug hielt, stürzten alle krampfhaft zuckend und wie Hühner kreischend los. Maria hatte ein Kärtchen, auf dem die Nummer des Waggons und des Abteils stand, in dem sie reisen würde. Der Sitzplatz wurde einem aber nicht zugewiesen: Man musste ihn sich also erstreiten. Die Waggons waren alte Zweite-Klasse-Wagen mit Abteilen zu sechs Plätzen und die Sitze waren mit braunem Kunstleder bezogen, das vom Kontakt mit zahllosen Körpern speckig geworden war.

Mühselig die blaue Reisetasche schleppend und behindert von der Umhängetasche mit verstellbarem Riemen, in der die schwere Zweiliterflasche Wasser lag, und von der um die Taille geschnallten Gürteltasche, ging Maria zu ihrem Waggon, dem letzten des ganzen Zuges. Als sie endlich eingestiegen war, sah sie, sich aus dem Gangfenster beugend, die zwei Frauen aus dem einstigen Gesinde des Großvaters, die Mutter mit dem Chanelkostüm und die Tochter mit den kalbsledernen Krokodilmuster-Mokassins, die beide an einem Magnum leckten – kein Vergleich mit dem armseligen Wassereis –, während die Krankenträger sich abmühten, die Koffer der beiden in den Zug zu schaffen.

Mit herrischer Geste nahm sie auf einem der zwei Sitze neben der Tür Platz; ihre Reisegefährten wagten kein Wort zu sagen. Nachdem alle eingestiegen waren, blieb der Zug noch eine Ewigkeit auf dem Gleis des Bahnhofs von Terentola stehen. Im Abteil war es brütend heiß. Niemand redete. Sowie sich der Zug in Bewegung setzte, stand Maria, so lauteten die Vorschriften, automatisch unter der Rechtsprechung der »Waggonvorsteherin« oder als Alternative der »stellvertretenden Waggonvorsteherin«.

Unbewegt auf ihrem Platz sitzend, fühlte sich Maria wie eine Deportierte. Sie hätte gerne gemacht, was sie sonst im Zug machte: lesen, rauchen, sich auf dem Sitz ausstrecken. Sie schlug die Beine übereinander, ohne daran zu denken, dass sich eine solche Körperhaltung für eine freiwillige Schwester nicht schickte. Sie nahm die Haube ab, setzte sie aber nach einem Augenblick der Erleichterung eiligst wieder auf, weil die Kopfstütze ihres Sitzes schmierig roch. Und weil sie sich, trotz aller Niedergeschlagenheit, mit ihrem ganzen Selbst den ehernen Regeln unterwerfen wollte, von welchen die paramilitärische Organisation beherrscht wird, der die freiwilligen Schwestern angehören.

Obwohl sie die Uniform trägt, auch wenn es nicht ihre eigene ist, sondern die der Witwe Pelliciotti, ahnt Maria Angulema, dass sie anders ist als die kompakte Gruppe der Schwestern, was ihr ein Unbehagen verursacht, das zu dem anderen tieferen, ihrer schmerzenden Bürde hinzukommt, denn diese, abgeschottet gegen jegliche emotive Störung, machen sich fröhlich zu schaffen zum Wohl der Kranken und der Pilger, sind nicht voneinander zu unterscheiden, verbunden durch ein reges, eifriges, freundschaftliches Gefühl der Zusammengehörigkeit, aus der sie, Schwester Maria, nur ausgeschlossen sein kann. Gerne würde sie also etwas tun, egal was, um sich einen Orden zu verdienen.

Während sie in diese Gedanken versunken war, befahl ihr die Waggonvorsteherin, eine gewisse Paolocco Giancarla, eine große Dicke, die beim Gehen die Hüften schwang, nachzusehen, ob in jedem Abteil dieses Waggons jeder Passagier, Reisender oder Kranker, auf seinem Sitzplatz das Büchlein »Feiern, Gebete und Gesänge« vorgefunden hatte; so das Büchlein irgendwo fehlte, musste Maria, nachdem sie eine der Waggonvorsteherin zu unterbreitende Liste angelegt hatte, dafür sorgen, es zu beschaffen. Maria tauschte ihre Sonnenbrille gegen ihre gewöhnliche Brille aus und machte sich willig an das bescheidene Geschäft.

Sie inspizierte jedes Abteil: Es fehlte nichts, wenn man davon absah, dass ihr eigenes Büchlein, das auf dem von ihr gewählten Sitz lag, mehrere weiße Seiten aufwies. Sie hatte nicht den Mut, es der Waggonvorsteherin zu sagen und ging mit schwerem Herzen zu ihrem Platz zurück.

Artig und geistesabwesend saß sie da, bis eine Pilgerin, die Frau, die nach Greisenhaar stank und neben der sie auf der Reise im Bus gesessen hatte, sich bei der Waggonvorsteherin beschwerte, weil sie von »der da« – und bei diesen Worten deutete sie mit dem Zeigefinger auf Maria – das Büchlein nicht bekommen hatte, auf das sie ein Anrecht hatte. Die Waggonvorsteherin hielt es daher für angebracht, Maria kommen zu lassen und ihr gehörig den Kopf zu waschen. Sie tadelte sie öffentlich wegen ihrer Faulheit, bis sie zu dem abschließenden Urteilsspruch kam, eine schlampige Katze bringe eben tote Kätzchen zur Welt. Mit dem traurigen Bild der toten Kätzchen, den Jungen der schlampigen, bösen Katze, kehrte Maria in ihr Abteil zurück, wo ihre Reisegefährten sie nach der öffentlichen Strafpredigt dämlich und beunruhigt erwarteten. Keiner von ihnen lächelte ihr zu. Maria setzte sich auf ihren Platz, rückte die Brille auf der Nase zurecht und besah sich zum ersten Mal die fünf Pilger, um die sie sich zu kümmern hatte und von denen jeder gut sichtbar auf die Brust geheftet das runde Erkennungsschildchen trug.

Ihr gegenüber saß Ghigo, ein abgezehrter junger Mann mit den roten Backen und purpurnen Lippen eines Schwindsüchtigen, der sich fast ausschließlich dadurch äußerte, dass er in ein Pfeifchen blies: ein Lockpfeifchen für Wachteln. Er hatte es um den Hals hängen, der mager aus dem Kragen eines Militärhemds herausragte. Kaum hatte sich Maria gesetzt, hatte er drei Pfiffe einer galanten, erregten Bewunderung hören lassen.

Neben ihm saß Laura, eine fettleibige Frau mit einem kleinen Kopf voll zerzauster, schwarzer Löckchen, deren schwabbelnde Fleischmassen sich über seinen mageren Körper ergossen. Ihre Augen waren weit aufgerissen, und um die Lippen herum war roter Lippenstift verschmiert. Ihre Finger waren kleine, beringte Würstchen. Die beiden schmiegten sich aneinander, und da Ghigo fortfuhr, Maria mit verdrehtem Blick anzustarren, zerrte ihn Laura mehrmals am Ellbogen.

Im Abteil roch es wie in einem Viehwagen, die Fenster waren mit einer feinen Schicht fettigen Staubs beschlagen. Laura und Ghigo rauchten MS light, ohne zu inhalieren. Links von Maria saß eine furchterregend aussehende Alte, die Maria von Anfang an mit bösem Blick und dreister Miene ansah. Der Megäre gegenüber saß noch eine Alte mit scheinbar milderem Blick. Das waren Nazzarena und Micchelina, die zuckerkranken Kusinen aus Montecastrilli.

Ghigo schob sich einen Zeigefinger in die Nase und begann wüst darin herumzustochern. Laura atmete mit offenem Mund. Micchelina und Nazzarena stellten von vornherein unzählige Ansprüche und zögerten nicht, diese kraftvoll zu äußern: »Fräulein, uns ist heiß«, und Micchelina schaute Maria fest in die Augen: »Fräulein, uns friert«; »Fräulein, machen Sie die Tür zu«; »Fräulein, können Sie die Tür nicht aufmachen?«. Maria Angulema hatte sie bald entlarvt: Es waren zwei typische eingebildete Kranke.

Rechts von Maria saß dagegen ein winziges Frauchen mit spitzem Mausegesicht, das die Hände im Schoß verschränkt hatte und einen schweren, schwarzen orthopädischen Stiefel trug: Das war Mirella Cannuccia, die kleine Hinkende aus Massa Martana.

Mirella Cannuccia war die Einzige, die ihr nach einiger Zeit zulächelte, aber dann wandte sie ihren Blick ab, als würde sie sich schämen, und schaute beinahe die ganze Reise auf ihren Schoß.

Kurz vor Florenz hielt der Zug auf freier Strecke. Maria Angulema mit gut auf dem Kopf sitzender Haube wurde beauftragt, unter der Oberaufsicht der Waggonvorsteherin beim Servieren des Abendessens zu helfen. Da sie Novizin war, würde sie sich darauf beschränken, das Brot auszuteilen. Da geschah es, während Nazzarena »nochmal Brot, Kleine« verlangte, aber auch »einen Schluck Wein« und noch einen zweiten Gang, weil Micchelina keinen ersten Gang gegessen hatte, dass Maria durch das Zugfenster zwei Affen erblickte, Mutter und Tochter, die an einem spärlichen Wasserlauf, kaum mehr als ein Bach, hockten und aus den aufgehaltenen, schwarzen, faltigen Händchen tranken. Dass es dort Affen gab, wunderte sie durchaus nicht; auch fragte sie sich nicht, warum. Der große Affe improvisierte eine Art schamlose Powaschung, wobei er den kleinen begoss, der sich demütig befleißigte, dem großen den Schwanz zu entflohen. Der große ließ den kleinen einige Zeit gewähren, aber dann, während sich der kleine noch einen Floh schmecken ließ, ging er, Zähne fletschend und ein hohes Gekreisch ausstoßend, zum Angriff über.

Der Zug fuhr langsam wieder an, und als Nazzarena sich zum x-ten Mal an sie wandte: »Fräulein, ich muss aufs Klo«, sah Maria aus dem Augenwinkel, wie der kleine Affe unter dem erbarmungslosen Hagel von Schlägen des großen auf die Erde fiel.

Sie musste die unverschämte Nazzarena zur Toilette bringen. Diese verlangte, dass Maria vor der Tür wartete, während sie ihre Notdurft verrichtete. Als sie endlich wieder im Abteil zurück waren, aß Maria einen verhutzelten Apfel der Marke Golden von krankenhausmäßigem Aussehen, während Nazzarena zum Nachtisch eine in Wasser und Zucker aufgeweichte Scheibe Brot verzehrte. Die Zuckerstückchen hatte sie aus einem Säckchen hervorgeholt, das sie sich zu diesem Zweck seitlich an ihr Baumwollkleid genäht hatte.

Ghigo hatte es sich auf seinem Sitz bequem gemacht, das Hemd hing ihm ganz aus der Hose, Augen und Wangen glühten, während Laura, das Gesicht mit Lippenstift verschmiert, schwer atmend noch den ersten Gang aß. Die kleine Hinkende schlief.

Micchelina, die hinter ihrem Schnurrbart grinste, und es war ein echter, kein metaphorischer, gut sichtbar auf ihrer Oberlippe, schaute Nazzarena an und sagte: »Geh zu, geh zu, nachher ist dir dann schlecht.« Micchelinas Vorhersage missachtend, richtete sich Nazzarena mit einer trotzigen Grimasse noch eine in Wasser und Zucker aufgeweichte Scheibe Brot her. »So ists recht«, sagte Michelina fast wohlgefällig, »du wirst schon sehn, dann wird dir schlecht.« Worauf Nazzarena ihr ein »Geht dich einen Scheißdreck an!« ins Gesicht fauchte, was keinen Widerspruch duldete.

Aus dem Lautsprecher, der sich über der Tür neben einem nutzlosen Drehknopf für die Klimaanlage befand, wo wie zum Hohn ein Thermometer mit einer Art Schriftrolle abgebildet war, die aus zwei anmutigen Kommas bestand, einem blauen für die Kälte und einem roten für immerwährende Höllenhitze, kam krachend plötzlich die metallische, krächzende, von elektrischen Entladungen begleitete Stimme eines Priesters, der, nachdem er sich als Hochwürden Fagiuolo aus Cerreto di Spoleto vorgestellt hatte, den Rosenkranz ankündigte.

Wer das Glück hatte, die Botschaft zu verstehen, bekreuzigte sich geschwind. Die Cannuccia, urplötzlich wieder zum Leben erwacht, kramte in ihrem Täschchen herum, nach ihrem Rosenkranz suchend, den sie sogleich mit gewissenhafter Bescheidenheit aus einem schwarzen Witwenbeutelchen aus Kunstleder hervorholte, um ihn mit zwei Fingern über dem verkrüppelten Bein hochzuhalten wie ein Pendel über einem Magnetfeld.

Aus dem Lautsprecher ertönte jetzt die Stimme einer Nonne, die sich als »Schwester ...arda« vorstellte und dann unter dröhnendem Gedonner und jähen, knatternden Entladungen das erste glorreiche Geheimnis vorlas.

Für Maria war es ein Geheimnis im tiefsten und verborgensten Sinn des Wortes, denn sie hatte in den letzten Jahren der Volksschule nur den skurrilen Refrain von der Göttin Kalì kennengelernt, die Reis aß und Reiskroketten kackte. Auf das unverständliche »...eit und ...empor«, von der

Nonne Silbe für Silbe ausgesprochen, folgte ein phänomenales Getöse elektrischer Entladungen, zwischen die sich Fetzen von etwas schoben, das wohl das vertraute Vaterunser sein musste.

Die Cannuccia betete bußfertig und gottesfürchtig, das Krachen und Explodieren missachtend, den Rosenkranz zwischen zwei Finger geklemmt. Ghigo schmiegte sich an Laura, die, mit herausgestülpten Lippen japsend, als würde sie nach Sauerstoff suchen, eigentlich beten wollte, es aber nicht schaffte, während Micchelina und Nazzarena, begeistert über das Rosenkranzbeten in einem so ungewohnten Zusammenhang eines Zugs voller Pilger und Kranker, um die Wette schrien und dabei auf den feuchten, klebrigen Sitzen auf und ab hopsten.

Auf die Nonne folgte wieder Hochwürden Fagiuolo mit dem Ave Maria, und die Finger der Cannuccia begannen sich von einer Perle des Rosenkranzes zur anderen zu bewegen wie auf einem Rechenschieber.

Micchelina und Nazzarena gerieten über eine terminologische Frage in Streit. Micchelina sagte, man müsse sagen: »Gebenedeit unter den Weibern und gebenedeit ist die Frucht deines Leibes Jesus«, die andere erwiderte: »Gebenedeit unter den Frauen.« Was Hochwürden Fagiuolo sagte, der von elektrischen Entladungen übertönt wurde, die hin und wieder klangen wie unverschämte Fürze, war nicht auszumachen. Maria beschloss, der sanften Cannuccia zu folgen, die in ihrer Ecke »Weibern« murmelte.

Kaum waren die ersten zehn Ave Maria mit der Verwirrung von »Frauen« und »Weibern« abgeschossen, drängte immer noch unter Krachen und Explosionen die leichte Kavallerie des »Ehre sei dem Vater« heran, bei welcher die zwei Kusinen das »Amen« einträchtig und unanzweifelbar als »Ame« aussprachen, worauf ein kindliches Gebet folgte, das Maria niemals vorher gehört hatte und von dem sie ein unheimliches »führt alle Seelen in den Himmel« und »...reich, gib uns ...deiner ...igkeit« aufschnappte.

Dann fing es wieder von vorne an mit dem zweiten Geheimnis, und es war aufs Neue die Nonne mit dem auf -arda endenden Namen, die etwas von sich gab, was wie »... oben im Himmel« klang. Dann kam wieder das Vaterunser und das zehnmal wiederholte Ave Maria mit dem Duell der »Frauen« und »Weiber«, das »Ehre sei dem Vater«, das glatt heruntergebetet wurde, das »Ame« und schließlich das Gebet »führt alle Seelen in den Himmel« mit dem Anhängsel »...reich, gib uns ... deiner ...igkeit«.

Der Rosenkranz wurde mit dem Salve Regina abgeschlossen, und da hörte Maria zum ersten Mal den Ausdruck »Advocata nostra« (Unsere Fürsprecherin), der sie zutiefst beunruhigte.

Nachdem das Salve Regina zu Ende war, schafften es die zwei Kusinen, sogar über die Modalitäten der Bekreuzigung zu streiten. Man sagte: »Im Namen des Vaters« und dabei berührte man den Kopf, daran war nicht zu rütteln, das wusste auch Maria, dann senkte sich die Hand, um eine nicht genau bestimmte Stelle zwischen Brust und Bauch zu berühren und dort war der Sohn; darauf rückte die Hand zur linken Schulter hinauf, wo nach Micchelinas Ansicht der ganze Heilige Geist war, so dass am Ende, wenn man die rechte Schulter berührte, nur noch das »Ame« übrig blieb; doch Nazzarena war sich sicher, dass der Heilige Geist sich aufspaltete in Heilig auf der rechten und Geist auf der linken Schulter, während das »Ame« einfach zwischen Mund und Stirn in der Schwebe blieb. Eine Einigung war nicht zu erzielen. Maria bemerkte, dass die Cannuccia den Heiligen Geist komplett auf der linken Schulter ansiedelte, und sie beschloss, sie auch diesmal nachzuahmen, indem sie das Amen auf die rechte platzierte.

Danach leiteten weitere krächzende Entladungen ein Anhängsel an den Rosenkranz ein, das, wie Maria erfuhr, die Lauretanische Litanei war, bei der alle, Ghigo inbegriffen, mit einem genuschelten »Orapronobs« erwiderten.

Als das Gebet zu Ende war, begannen die Vorbereitungen für die Nacht. Mit Ausnahme der kleinen Hinkenden zogen alle ihre Schuhe aus. Ghigo hatte Turnschuhe, die nach Gorgonzola stanken, und ein Paar Frotteesocken, die an Spitze und Ferse braune Flecken hatten und vom Schweiß verfilzt waren. Micchelina und Nazzarena trugen dagegen Bequemschuhe für ältere Leute mit gepolstertem Fußbett. Kurz vor Genua, wo der Zug ohne ersichtlichen Grund eine unermesslich lange Zeit hielt, regte Maria schüchtern an, die Sitze hinunterzuklappen, aber der Vorschlag wurde von Nazzarena mit Empörung abgelehnt: »Wenn wir nämlich die Sitze runterklappen, dann machen ja die zwei weißgottwas« – und sie sprach diese Worte mit scharfem Ton, wobei sie sich mit steifem Oberkörper zu Ghigo und Laura hinbeugte, die unbeirrbar weiterknutschten.

»Dann schlafen wir also im Sitzen«, echote Micchelina, die auf jeden Fall ihren Senf dazu geben musste. Die zwei zuckerkranken Kusinen aus Montecastrilli warfen sich in die Brust und ließen sich wieder auf ihren Sitzen nieder, und Nazzarena sagte noch: »Und das Licht machen wir auch nicht aus.« So ließen sie die ganze Nacht das Licht brennen. Die kleine Hinkende schlief, indem sie ihr Gesicht mit einem Heft der »Illustrierten Geschichte des Häkelns« abschirmte. Laura begann, nachdem ihr das Geknutschte zuviel geworden war, in einem Fotoroman zu blättern, wobei sie geräuschvoll bei offenem Mund atmete.

Als Maria klar geworden war, dass sie nicht einschlafen würde, beschloss sie, den Zug erkunden zu gehen. Sowie sie am Abteil der Waggonvorsteherin vorbeikam, hielt diese sie auf. Das hatte Maria beinahe erwartet: Denn sie wusste, dass sie durch allgemeine, stillschweigende Übereinkunft schon als Drückebergerin abgestempelt war, weil sie gesehen hatten, wie sie am Bahnhof von Terontola an einem Tischchen sitzend ein Wassereis gegessen und auch bei den Klos geraucht hatte, und zudem, weil im Zug der Zwischenfall mit dem Gebetbüchlein passiert und sie geschimpft worden war und außerdem einfach, weil Maria etwas Widerborstiges und Unverbesserliches an sich hatte, das sie dazu verurteilte, immerfort fehl am Platz zu sein. Die Waggonvorsteherin überreichte ihr mit kummervoller Miene einen großen schwarzen Plastiksack und befahl ihr, die Papierfetzen, Zigarettenstummel und Dosen aufzulesen, die zahlreich auf dem Korridor und den Plattformen herumlagen, sowie alles, was in den Klos aus den Behältern unter den Waschbecken hervorquoll, und zum Schluss auch die eventuell in den Abteilen vergessenen Tabletts mit den Resten des Abendessens einzusammeln. Maria gehorchte mit bescheidener, aufrichtiger Unterwürfigkeit. Aber während sie mit dem halbvollen Sack in Richtung eines der Klos durch den Korridor ging, sah sie drei Abteile von dem ihren entfernt, wo Nazzarena und Micchelina immer noch mit steifem Oberkörper und grimmig entrüsteter Miene saßen, die zwei ehemaligen Bäuerinnen ihres Großvaters: Sie hatten ein ganzes Abteil für sich allein und blätterten gemütlich in Illustrierten. Die Mutter hatte die dunkelblauen Sandalen ausgezogen und nebeneinander unter den Sitz gestellt, an den Füßen bequeme, gesteppte Baumwollpantöffelchen, ihre Jacke hatte sie auf einen Kleiderbügel gehängt, damit sie nicht zerknitterte. Die Tochter war obendrein in einen Schlafanzug aus hellgelbem Trikot geschlüpft, der Ton in Ton mit kleinen Elefäntchen bestickt war. Als sie dann beim Abholen ihrer Tabletts bemerkte, dass sie vom Abendessen nichts berührt, ja nicht einmal ausgewickelt hatten, um zu sehen, was enthalten war, da ahnte Maria, dass die beiden Pilgerinnen,

Mutter und Tochter, von zu Hause mitgebrachte Speisen, die sie sich köstlich und gesund vorstellte, verzehrt haben mussten anstelle des fetten, frittierten Zeugs, das sie bekommen hatte, und sie wäre vor Wut, Neid und Erniedrigung beinahe erstickt; und durch den Ärger bekam sie Magenweh.

Da beschloss sie, sich den Vorschriften zu widersetzen, die Gehorsam und Dienstfertigkeit verlangten, und ließ den schwarzen Plastiksack mitten im Korridor liegen. Die Waggonvorsteherin merkte es nicht, weil sie Karten spielte.

Als äußerste Geste der Rebellion nahm sie die grässliche Haube ab: Eine Woge mahagonirotes Haar floss über ihre Schultern. Sie zog die weißen Zwirnhandschuhe an, die nur für die Zeremonien vorgesehen waren, atmete einmal tief durch, steckte sich eine Zigarette an und ging den Korridor entlang auf der Suche nach dem Unbekannten, das in den anderen Waggons verborgen war.

Der nächste Waggon war ein Liegewagen zweiter Klasse. Pilger und echte Kranke lagen halbnackt in den jeweils drei übereinanderliegenden Nischen. Man konnte kaum atmen in dieser Luft. Gar keine Rede davon, ein Fenster aufzumachen. Veteraninnen mit makellosen Schürzen wachten, unermüdlich den Korridor auf und ab patrouillierend, über die Schlafenden. Maria brachte den Korridor fluchtartig hinter sich, während von den Lagerstätten lautstarke Fürze, Husten, tiefe Seufzer und eine Art Mähen zu vernehmen war.

In den beiden nächsten Waggons dieselben Couchettes zweiter Klasse, einige von der Hitze erschöpfte Pilger drückten sich im Korridor herum, um ein wenig Luft zu schnappen.

Der vierte Waggon war ein Dienstwaggon. Dort überraschte Maria einen Eisenbahner, der mit nacktem Oberkörper auf einer Art Metalltruhe saß und sich mit einem Stick ein Deodorant in die zerzausten Achselhöhlen strich. Auf der Truhe stach in Rot die Aufschrift »Medikamente« ins Auge, darunter ein ebenfalls rotes Kreuz. Maria hatte das erregende Gefühl, eine Szene in einem Kriegsfilm zu erleben, in der eine eifrige Rotkreuzschwester dem verwundeten Helden Beistand leistet. Sie grüßten einander, und Maria ging weiter. Sie kam in den Küchenwaggon, wo ihr eine Köchin zuvorkommend eine Tasse lauwarmen Kaffee reichte, der so süß war, dass ihr beinahe übel wurde, sie aber trotzdem aufmunterte; sie ging weiter. Sie durchquerte den x-ten Waggon mit Liegeabteilen und fast nur schnarchenden Passagieren. Im ersten Abteil des nächsten erblickte sie dagegen einen am Fenster aufgebauten Altar, geschmückt mit rotem Krepp und Goldpapier und zwei Väschen Plastikblumen. Beidseits des Altars nuschelten zwei alte Frauen ihren Rosenkranz. Hochwürden Fagiuolo war nicht da. Er schlief wohl.

Der Zug schien kein Ende zu haben; Maria ging weiter, noch einmal durch drei Waggons zweiter Klasse, wo es vollkommen dunkel war. So kam sie zur letzten Tür, die nicht aufging, weil sich dahinter die Lokomotive befand.

In diesem Moment erreichte der Zug den Bahnhof von Ventimiglia und kam mit einem Quietschen zum Stehen.

Alle Passagiere wachten auf und begannen sofort laut zu reden. Lichter wurden eingeschaltet, Türen aufgemacht.

Maria setzte die Haube wieder auf, stieg aus dem Zug und blieb aus Angst, der Zug könne plötzlich wieder abfahren, auf dem Bahnsteig stehen. Die Nachtluft war mild und von zartem Rosenduft erfüllt. Während sie das aufgeregte Hin und Her beobachtete, das sich direkt vor dem Zug abspielte, und dabei tief atmete, spürte sie plötzlich ein Zwicken im rechten Unterarm, und als sie sich mit einem Ruck umwandte, sah sie hinter sich die dumpfen Gesichter von Micchelina und Nazzarena. Die beiden Frauen hatten sich schwarze Wolljäckchen übergezogen, weil es schon spät war, und Nazzarena hielt einen gelben Plastikbeutel fest in den Händen. Maria kam nicht dazu, sich zu fragen, wie sie bis zu ihr gelangt waren, weil die Anrede der finsteren Nazzarena keinen Widerspruch duldete:

»Fräulein, die Micchelina muss aufs Klo.«

»Fräulein, ich muss, ich muss groß.«

Langsam, weil Micchelina »es noch aushielt« und daher mit aneinandergepressten Schenkeln und kleinen Schrittchen ging, näherten sie sich den Toiletten des Bahnhofs von Ventimiglia. Brummend und mit dem Beutel in den Händen folgte ihnen Nazzarena.

Als sie die Treppen zur Unterführung hinuntergingen, begegnete Maria erneut den zwei ehemaligen Bäuerinnen ihres Großvaters, die Eis leckend vom Bahnhofsbuffet kamen. Maria schob Micchelina von hinten in das Damenklo. Sie lehnte die Tür an. Sie wartete. Es folgten gute fünf Minuten in einem irrealen Schweigen; dann erhob sich jammernd Micchelinas Stimme. »Fräulein, Sie müssen mir helfen.«

Maria schob die Tür auf und sah Micchelina vor der Kloschüssel stehend mit kummervoller Miene die Wand anstarren. »Sie müssen mir helfen.« Die Frau verlangte, dass Maria ihr den Rock hochhob, die Unterhose runterzog, ihr half, sich auf das WC zu setzen, und der ganzen Aktion beiwohnte. Maria machte alles, was man von ihr verlangt hatte. Aber als sie ihr helfen wollte, sich wieder anzuziehen, wurde sie weggeschoben. Maria bemerkte mit Ekel, mit welcher Selbstverständlichkeit Micchelina sich die neugekaufte Baumwollunterhose, Breitripp, hochzog, ohne sich um das Abtrocknen des betroffenen Körperteils zu kümmern. Während Micchelina noch mit dem Hosengummi herumfuhrwerkte, der sich in einigen durchsichtigen Unterröcken und einem Rockzipfel verwickelt hatte, verkündete eine metallische Stimme, dass der Pilgerzug auf Gleis drei in Kürze abfahre.

Maria wurde von panischem Schrecken gepackt: Sie riss die Klotür auf und floh, die Frau ihrem Schicksal überlassend, der die Unterhose noch auf halber Schenkelhöhe hing. Sie rannte die Treppe hinauf und war in wenigen Sekunden im Zug. Kurz vor Morgengrauen, sie waren fast schon in Marseille, erschien Micchelina wie ein Gespenst, düster und voller Ingrimm, Maria beschimpfend und ihr mit einer Meldung bei der Waggonvorsteherin drohend. Aber die Drohung blieb folgenlos, und die Alte begann Schnapspralinen zu lutschen, die sie aus einem vollen Tütchen fischte. Sie bot niemandem etwas an, nicht einmal ihrer Kusine. Doch diese beschlagnahmte dann die Schnapspralinen. Micchelina drohte auch ihr mit Vergeltungsmaßnahmen. Darauf begannen beide, endlich von Müdigkeit übermannt, zu schnarchen.

Als der Zug im Bahnhof von Marseille hielt, erhob sich im Lautsprecher plötzlich die Stimme von Hochwürden Fagiuolo von Cerreto di Orvieto, die unter Entladungen und Geknister den Rosenkranz ankündigte.

Die kleine Hinkende aus Massa Martana fuhr aus dem Schlaf hoch und begann auf der Stelle zu beten. Die anderen taten, als wäre nichts. Maria, die es in der stickigen Luft des Abteils nicht mehr aushielt und weitere Forderungen von Nazzarena oder der immer garstigeren und erbosteren Micchelina befürchtete, trat hinaus auf den Korridor. Schon hatte der Ansturm auf die Toiletten begonnen. Maria spähte in eines der Abteile, die an das ihre grenzten; darin war eine interessante Gruppe untergebracht, bestehend aus einem jungen Mann mit beginnenden Geheimratsecken und vollen Lippen und einem Harem aus wild aussehenden Weibern, bei denen es sich, wie sie erst später erfuhr, um die Ehefrau, die minderjährige Schwägerin, die Schwiegermutter, die Schwester des jungen Mannes und die Teilzeitkraft aus dem von ihm geführten Warenhaus handelte. Alle Frauen waren in höchster Aufregung, denn sie waren überzeugt, angekommen zu sein, und fuhrwerkten mit den Koffern herum, während die Schwiegermutter bereits ein Riesenbündel in Richtung Plattform schleppte, bis sie der junge Mann wieder zur Ruhe brachte, indem er mehrmals wiederholte, was er auf einem Schild vor seiner Nase las: »Marseille! Mädchen, wir sind in Marseille.« Er sprach Marseille so aus, wie es geschrieben stand.

Als um sechs der Rosenkranz zu Ende war, wurde ein Fetzen aus einem Requiem oder einer ähnlichen Trauermusik übertragen, dann das gemeinsame Gebet mit der Lauretanischen Litanei wieder aufgenommen, wobei Maria, wie die anderen, »Orapronobs« erwiderte.

Die Haube einer schwachsinnigen Köchin klebte ihr am Schädel, ihre Augen waren geschwollen und hatten tiefe Ringe, und die Brillenbügel waren wegen des Gummis, das die grauenhafte Kopfbedeckung zusammenhielt, in Höhe des Hypothalamus links und der Meninx rechts in das Fleisch eingedrungen: In diesem Zustand machte sich Maria daran, auf Befehl der Waggonvorsteherin, die sich gerade taufrisch einen durchsichtigen Lipgloss auftrug, das Frühstück auszuteilen. Ghigo und seine Gefährtin lagen, erschöpft von den nächtlichen Ergüssen, nun wieder die eine auf den anderen überquellend so beieinander, wie sie Maria am Vorabend gesehen hatte. Nazzarena, die über »Schwindel« klagte, lutschte die Zuckerstückchen, die sie eins nach dem anderen aus ihrem Geheimsäckchen hervorholte. Micchelina, deren Mund von den Schnapspralinen verschmiert war, verlangte Milchkaffee; Maria gab ihr eine Tasse, aber sie spuckte ihn aus und behauptete, es sei Malzkaffee und den wolle sie nicht; nachdem Maria auf den Knien den Boden trockengewischt hatte, wollte Micchelina sich den Mund mit einem Tee nachspülen. Aber der Tee war ihr auch nicht recht: »Schwester, dieser Tee ist nicht gesüßt«, also musste noch Zucker hinzugefügt werden. Da bat Maria die Nazzarena um eines von den Zuckerstückchen, die sie zum Lutschen dabei hatte. Aber Nazzarena leugnete schamlos, welche zu besitzen, dabei hatte sie gerade eines im Mund. Also musste Maria durch fünf Waggons bis zum Küchenwaggon gehen, wo sie zehn Tütchen Zucker entwendete. Micchelina verlangte mit Erfolg, dass alle zehn Tütchen, insgesamt also etwa fünfzig Gramm Zucker, in ihre fleischfarbene Plastiktasse geschüttet wurden.

Nazzarena donnerte, sie müsse aufs Klo. »Schwester, gehn wir.« Sie gingen den Gang entlang, Nazzarena vorneweg und Maria hinterher. Kaum war Nazzarena im Klo und hatte sich ausgezogen, blieb der Zug mit einem Ruck stehen.

Nazzarena blieb gute zehn Minuten im Klo eingeschlossen und wagte nicht, was zu machen, bis der Zug wieder losfuhr.

Als sie ins Abteil zurückkamen, Nazzarena schlurfend vorneweg, Maria mit finsterem Gesicht hinterher, häkelte Mirella Cannuccia gerade ein Deckchen. Nazzarena war schlechter Laune, weil sich die Unterhose beim Hochziehen zwischen ihre Arschbacken geschoben hatte, und sie fragte, während sie an ihrem Hinterteil herumzupfte, im Verhörton die Cannuccia: »Sie Fräulein, wo kommen Sie eigentlich her?« Die Cannuccia machte große Augen mit leuchtendem, tiefem

Blick und antwortete, nachdem sie ihr Häkelzeug in den Schoß gelegt hatte, mit schüchternem Lächeln: »Aus Massa, Massa Martana.« Nazzarena sagte, sie kenne Massa Martana, weil sie als junges Mädchen dort einen Schatz gehabt hätte, dann fragte sie: »Sind Sie eine Pilgerin?« Worauf die Cannuccia, wieder lächelnd, mit der Häkelnadel auf den vielsagenden schwarzen orthopädischen Stiefel zeigte. »Dann sind Sie so als Krüppel geboren?« fragte die andere drängend. Die Cannuccia schüttelte auf einmal niedergeschlagen den Kopf und deutete etwas an von einem Motorradunfall, der vor vielen Jahren passiert war.

Aber Nazzarena ließ nicht locker: »Sind Sie verheiratet?« Die Cannuccia sagte mit einem traurigen Lächeln nein, wobei sie das kurze Bein mit dem Stiefel ausstreckte, das man als den Hauptgrund für eine zwar ersehnte, aber nicht geschlossene Heirat annehmen durfte. Da mischte sich auch Micchelina ein, die sich bis dahin nur mit Mühe zurückgehalten hatte: »Das haben Sie gut gemacht, Fräulein. Ich hab jung geheiratet und bereu es heute noch.«

»Warum haben Sie denn nicht geheiratet?« fing Nazzarena wieder an. Die Cannuccia wurde rot, schüttelte den Kopf, und man sah genau, dass sie gleich zu weinen anfangen würde. Da sagte Nazzarena, durch den offensichtlichen Erfolg ihrer Verhörmethode milde gestimmt, in einem wohltätigen Aufwallen: »Weinen Sie nicht, Fräulein, kann sein, Sie finden in Lourdes einen Krüppel so wie Sie selber.«

Laura und Ghigo, welche der ganzen Unterhaltung mit dummem Gesichtsausdruck gefolgt waren, schreckten hoch; Laura machte ihren Fotoroman wieder auf, und Ghigo stieß einen langen, herzzerreißenden Pfiff aus: die Totenklage für die zerschlagenen Träume der Cannuccia.

Gegen elf Uhr wurde, wie es im Krankenhaus Brauch ist, das Mittagessen serviert.

Maria Angulema sah flüchtig die Bahnhofsgebäude von Toulouse, dann von Tarbes vorbeiziehen. Der junge Mann aus dem Nebenabteil rauchte im Gang, wobei er die Namen der Städte so wiederholte, wie er sie geschrieben sah. Dann gab ihm die Schwiegermutter ein von zu Hause mitgebrachtes Käsebrötchen.

Müde und verzagt versuchte Maria, die Tabletts mit dem Mittagessen auszuteilen. Als sie das erste der Nazzarena reichte, verbrannte sie sich zwei Finger, weil sie unvorsichtigerweise einen glühend heißen Aluminiumbehälter anfasste. Er enthielt einen kochend heißen Brei aus Tomatensoße, der aussah wie ausgekotzte neapolitanische Pizza. Sie bekleckerte sich die Schürze an drei Stellen, und als sie unbeholfen versuchte, das Unheil wiedergutzumachen, brachte sie auch etwas an die Haube. Die Cannuccia aß nichts. Ghigo pfiff nach jedem Bissen.

In diesem Zustand, mit Tomatensoße bekleckst, jämmerlich und mit leerem Magen, traf Maria Angulema im Bahnhof von Lourdes ein.

Der Zug hielt unter einem langen, mit Zinnen geschmückten Zinkdach. Die Sonne schien, und die Luft war heiß.

Als die Waggontüren aufgingen, ergoss sich eine Menschenmasse auf den Bahnsteig, und im Zug blieben nur diejenigen, die sich nicht bewegen konnten. Die Cannuccia stieg allein aus, das kurze Bein mühsam nachziehend.

Maria musste die Kranken in das St. Bernadette-Krankenhaus begleiten.

Micchelina ließ sich von zwei Krankenträgern aus dem Zug heben: »Ich hab lahme Flossen von wegen der Zuckerkrankheit.« Die Nazzarena versuchte, es ihr gleichzutun, aber vergeblich. Micchelina nahm auf einem Rollstuhl Platz, den Maria unter dem wachsamen Blick der Waggonvorsteherin den Bahnsteig entlangschob.

Die Räder des Rollstuhls waren zwar parallel, neigten aber dazu, entgegengesetzte Richtungen zu nehmen, außerdem klemmten sie fortwährend, und Micchelina, so klein sie auch aussah, war schwer wie ein Felsblock.

Sie schleppten sich den ganzen Bahnsteig entlang und gelangten schließlich hinaus auf den Bahnhofsvorplatz.

Maria war am Ende ihrer Kräfte. Vor Müdigkeit war ihr schwindlig. Ihre Augen brannten. Micchelina, aufgeregt wegen des großen Durcheinanders, das auf dem Platz herrschte, hatte keineswegs die Absicht, sich programmgemäß ins St. Bernadette-Krankenhaus zu begeben, und sagte, sie habe Durst. Auf der anderen Seite des Platzes war eine Brasserie. Micchelina erklärte, sie wolle jetzt ein Eis. Maria versuchte, den Rollstuhl in das Lokal hineinzuschieben, aber auf der Schwelle blieb er stecken und fuhr weder vor noch zurück. Doch die Alte sprang mit unvermuteter Kraft auf die Füße, magnetisch angezogen vom Anblick einer Kühltruhe, in die sie eiligst ihren Kopf versenkte. Sie kramte nuschelnd darin herum, ohne sich für etwas entscheiden zu können, bis die Besitzerin des Lokals sie beide rüde hinauswarf. Beim Hinausgehen zeigte ihr Micchelina eine Verwünschungsgeste, und die Besitzerin beschimpfte die zwei Frauen, wobei sie insbesondere die bestürzte Maria eine »connasse« nannte.

Sie kehrten wieder auf den Bahnhofsvorplatz zurück. Von der Sonne geblendet, kniff Maria die Augen zu. Langsam schob sie den Rollstuhl, der immer wieder klemmte, und hielt Ausschau nach ihrer Gruppe. Beinahe wären sie von einem Bus voller Schwestern überfahren worden.

Maria schob den Rollstuhl weiter ziellos herum. Sie näherte sich einer Pilgergruppe, bei der sie vergeblich ein bekanntes

Gesicht suchte, aber es waren Leute aus den Abruzzen. Jetzt war ihr klar, dass sie allein übriggeblieben waren.

Groß war Micchelinas Groll, die nun womöglich noch mehr Durst hatte als zuvor. Außerdem war ihr heiß und sie schnaubte wie ein Blasebalg, mit übellauniger Miene.

Maria ging zu einem Taxi und fragte den Fahrer, wie sie zum St. Bernadette kommen könne. Der Mann antwortete knapp und verärgert. Die Idee, er selber könne sie hinbringen, streifte ihn gar nicht. Während Maria den Taxifahrer ausfragte, hörte Micchelina nicht auf zu plärren: »Fräulein, ich hab Durst!« Die Pilger aus den Abruzzen schauten kichernd zu ihnen herüber.

Sie kamen nur unter Mühen voran. Der Rollstuhl klemmte jetzt schon bei jedem Schritt. Die Hitze war unerträglich geworden, und Micchelina jammerte: »Fräulein, wo gehn wir hin?«, »Fräulein, ich hab Durst!«

Lourdes ist ein Gebirgsstädtchen mit vielen Höhenunterschieden, starken Steigungen und Abhängen. Auf den Straßen und Gassen des Gebirgsstädtchens Lourdes sahen einige wenige Passanten, wie Maria Angulema, geborene, dann verarmte Marquise, Absolventin der London School of Economics dank der Beihilfe der Labour-Regierung, den schwarzen Trauerknopf ans Herz geheftet, einen Rollstuhl schob, in dem ein verblödetes, jammerndes altes Weib saß. Irgendwann waren sie in der Nähe des Schlosses; unter ihnen senkte sich die Altstadt zum Gave de Pau hinunter.

Die Straßen waren menschenleer. Wer weiß wie, aber schließlich und endlich gelangten sie durch ein Gewirr von Gassen vor das St. Bernadette: einen modernen, dreistöckigen Bau mit gelbem Anstrich, Erkerfenstern an den Ecken und üppig wachsenden Geranien auf den Fensterbänken. Als Maria die ihrer Gruppe zugewiesene Abteilung betrat, wurde sie auf der Stelle von der Krankenhaus-Oberschwester gerügt. Sie seien zu spät gekommen, so verhalte man sich nicht, wenn man die Verantwortung für einen Kranken habe. Gedemütigt durch diesen weiteren Tadel musste Maria die Zwangsbettlegung Micchelinas bewältigen, die nichts davon wissen wollte. Aber was soll's: Sowie man ins Krankenhaus eingeliefert wird, muss man sich zu Bett legen.

Das Zimmer war für fünf Betten. Zu ihrer Freude sah Maria die sanfte Cannuccia, die, in der Mitte ihres Bettes sitzend, mit einer Hand die gefranste Tagesdecke aus leichtem Samt glattstrich.

Micchelina wollte zuerst ihr langärmeliges Wolltrikot gegen ein ärmelloses Wolltrikot wechseln. Dann wollte sie, dass man ihr dieses wieder auszog und das langärmelige wieder anzog. Dann äußerte sie den Wunsch, auf die Toilette zu gehen, wo Maria erneut dem ganzen Geschäft beiwohnen musste. Auf der Toilette dieses Saales des St. Bernadette war das Bidet dem WC einverleibt und man konnte sich auf dem Klo sitzend waschen. Man brauchte nur auf einen Knopf zu drücken, und ein Wasserstrahl erreichte direkt die naturgemäß an dieser Waschung interessierten Körperteile. Aber

Micchelina, die gewohnt war, sich anders zu waschen, misstraute dieser Neuheit. Es musste also eine Schüssel beschafft werden, in der sich die Alte spülte und dabei den Fußboden überschwemmte. Während Micchelina breitbeinig dastehend versuchte, ihre Unterhose wieder anzuziehen, wischte Maria auf allen Vieren den Boden auf und konnte dabei mit einer gewissen Verwunderung die noch festen Schenkel der Alten und ihren vorstehenden, gerundeten, glatten Bauch bemerken.

Darauf zog sie ihr ihren gesteppten Morgenrock mit Kaschmirmuster an. Sodann wollte Micchelina durch den Korridor spazieren, um einen Blick in alle anderen Zimmer zu werfen. Wieder zurück in ihrem Zimmer, willigte sie endlich ein, sich ins Bett zu legen. Da lag sie mit geschlossenen Augen, die Zudecke bis unter die Nase hochgezogen. Maria, die sie nun endlich losgeworden zu sein glaubte, ging zur Tür, aber gerade als sie die Tür öffnen wollte, wurde sie von der Alten zurückgerufen: Sie halte es im Bett nicht aus. Also musste man ihr helfen, ein düsteres, graues, vorne geknöpftes Wollkleid anzuziehen. Die Socken waren unauffindbar. Maria ging sie im Bad suchen, fand sie aber nicht. Wieder zurück bei der Alten, sah sie ein Paar auf dem Stuhl neben ihrem Bett liegen und fing an, sie ihr überzuziehen. Micchelina ließ es zunächst geschehen, dann kreischte sie, das seien ja gar nicht ihre Socken.

Auf einmal war der Teufel los.

Aus einem der Betten erhob sich, einem Golem ähnlich, eine gewisse Rainalda, Landarbeiterin aus Onano, von Altersschwachsinn befallen, ein großes, stattliches Weib mit zerrauftem Haar. Im Nu hatte sie sich auf Micchelina gestürzt. Die zwei Alten packten sich an den Haaren. Alle anderen Kranken fingen an zu schreien. Auf der Stelle kamen die Oberschwester, die stellvertretende Oberschwester und die Ordnungsschwestern, zwei dürre Gestelle, die über ihre eigenen X-Beine stolperten, herbeigeeilt, um den Tumult niederzuschlagen.

Die zwei Streitenden wurden getrennt. Micchelina brüllte: »Haltet mich fest, sonst schlag ich sie zum Krüppel.« Rainalda wurde schlecht. Sie verdrehte die Augen, bis man nur noch das Weiße der Lederhaut sah. So lag sie ohnmächtig am Boden, die wiedereroberten Socken fest in der Faust.

Micchelina, die von den zwei Ordnungsschwestern festgehalten wurde, zeterte auf das Riesenweib los und nannte es abwechselnd ein »Stinktier« oder einen »Stinkbolzen«, was noch beleidigender war.

Dann warf die Alte Maria Angulema hinaus, indem sie, mit dem Finger auf sie deutend, Maria dem Tadel der Anwesenden als die Verantwortliche des Durcheinanders anzeigte. Die Oberschwester, die stellvertretende Oberschwester und die zwei Ordnungsschwestern sahen sie mitleidig an, während sie ihre Schürzen glattstrichen und ihre Schleier schüttelten; was hatte die eigentlich noch die Reisehaube auf, nachdem sie schon an ihrem Bestimmungsort angekommen waren? »Schwester, ziehen Sie doch wenigstens ihren Schleier an«, befahl trocken die stellvertretende Oberschwester. So floh Maria mit der Ausrede und der Pflicht, den Schleier zu holen, aus dem St. Bernadette in Richtung des Hotels, das ihr zugewiesen worden war und in dem sie ihr Gepäck vorfinden würde.

Als Maria Angulema das Krankenhaus verlassen hatte, wo die Kranken unter der emsigen Wachsamkeit der freiwilligen Schwestern ausruhen würden, beschloss sie, mitsamt ihrer mit Tomatensoße bekleckerten Haube, den feuchten und aufgeweichten Turnschuhen für den rechten Fuß, mit brennenden Augen und trockener Kehle zur Grotte von Massabielle zu gehen, um dort an den Brunnen zu trinken.

Sie bog in die alte Rue de Pau in Richtung Heiligtum ein; beim Hotel *Croix des Bretons* nahm sie die Haube ab und ging dann über die gewölbte Holzbrücke.

Am anderen Ufer blieb sie von der Sonne geblendet stehen, um im Schatten einer der Monumentalrampen Zuflucht zu suchen, die sich wie zwei mächtige Flügel um das Heiligtum legten. Unten wogte schwarz eine formlose Menschenmasse, ein unermüdlich fortwährendes Gewimmel geschäftiger Insekten. Viele trugen große Kerzen mit blauen Schleifen.

Unter der rechten Monumentalrampe blieb sie stehen, den Atem anhaltend, ein dumpfes Summen, ein Gemisch nicht unterscheidbarer Stimmen umfing sie; aber das heftige Pochen ihres Herzens unter dem mit schwarzem Tuch bezogenen Knopf übertönte jeden anderen Laut. Lange blieb sie reglos neben der Rampe stehen, die Haube in der Hand. Ihr wurde schwindlig. Als sie in Richtung Holzbrücke schaute, sah sie Ghigo und Laura, die mit verlorenem Blick herumirrten. Ghigo hatte ein Baumwolltaschentuch auf dem Kopf, das an den vier Ecken geknotet war.

Als sie sah, wie die beiden auf sie zuwankten, nahm sie schnellen Schrittes ihren Weg wieder auf. An der Außenmauer der Rampe entlanggehend, kam sie zu den Brunnen. Auch hier drängte sich mit Flaschen und Kanistern eine große Menschenmenge. Maria wartete, bis sie zum Trinken an die Reihe kam. Danach schloss sie sich instinktiv der Menge an, weiter in Richtung der Grotte von Massabielle. Je näher man der Grotte kam, desto größer wurde die Menge, und von allen Seiten drückten sich verschwitzte und erschöpfte Leiber in einer erstickenden Umarmung an sie.

Überall unsichere, schwere, schleppende Schritte, schräge, schwankende Gestalten, ein penetrantes, unartikuliertes Krakeelen; aber in dem Raum vor der Grotte, einem abgesperrten Halbkreis, bewacht von alten Krankenträgern, die als Symbol ihres Wohltätigkeitsgelübdes einen Riemen quer über die Brust trugen wie die Brahmanen ihre weiße Schnur, herrschte eine unwirkliche Stille.

Rechts oben in einer großen Nische schimmerte weiß die Statue Unserer Lieben Frau, vor der immerwährend Wachslichter und große Kirchenkerzen brennen, die in einem riesigen Kandelaber mit übereinanderstehenden Armen stecken.

Viele Gläubige waren im Inneren der Absperrung zusammengepfercht, wo Kirchenbänke aufgestellt waren. Manche knieten, manche standen. Die Kranken hatte man in die erste Reihe gebracht, so nahe wie möglich an die eigentliche Grotte heran, von der sie nur noch drei Stufen trennten.

Ununterbrochen zog im Inneren der Grotte eine schweigende Prozession von links nach rechts. Viele blieben einen Augenblick stehen, um den Felsen zu küssen. Alle bekreuzigten sich.

Dank des Kleides, das sie trug, bahnte sich Maria einen Weg durch die schweigende Menge und blieb zögernd hinter denen stehen, die in den Bänken waren. Ihre Aufmerksamkeit wurde vom Wachs der Kerzen angezogen, das weichwerdend Stalaktiten gebildet hatte, die von den Armen des Kandelabers herabhingen.

Aber die Atmosphäre des Ortes steckte sie an, und mit derselben umsichtigen Scheu, mit der manche Männer beim Betreten einer Kirche ihren Hut abnehmen und ihre glänzenden, kahlen Schädel zeigen, setzte sich Maria Angulema die hässliche, mit Tomatensoße bekleckste Haube wieder auf.

Sie wollte sich konzentrieren und sammeln, denn vielleicht war der Augenblick gekommen, ihre Bürde abzuladen.

Aber kaum hatte sie in der Stille ihrer verwelkten und getretenen Seele diesen Gedanken geäußert, wurde sie von den Ausläufern einer ordinären Truppe überrannt, die hinter ihr nachdrängten. Sie wankte. Von den anstürmenden Körpern physisch bedrängt, drehte Maria sich mit zorniger Gebärde um und sah mehrere ehemalige Bauern ihres Großvaters, die riesige Kerzen umarmten, ähnlich wie auf den im Mittelalter üblichen Votivbildern.

Der Haufen blieb nicht stehen, und Maria wurde, ungeachtet ihrer Uniform, ohne Widerstand leisten zu können, an den äußersten Rand der Absperrung gegen die Schranken geschoben, während eine gewisse Ersilia der Carcaione, von Maria trotz ihres damenhaften Kleides erkannt, laut brüllte: »Leute, zuerst ein Ave Maria für den Dodi selig, und dann ein Ave Maria für die Daiana selig. Dann stecken wir die Kerzen auf.« Der Zauber war gebrochen. Maria blieb nichts anderes übrig, als sich einen Durchgang zwischen den Sperren zu schaffen und sich so schnell wie möglich von der Gruppe der Betenden zu entfernen. Als es ihr gelang, sich zu befreien, hatten sie gerade mit dem zweiten Ave Maria angefangen, das der Erinnerung an die »Daiana selig« gewidmet war.

Sie ging unter den Bögen der rechten Monumentalrampe hindurch und gelangte zur Esplanade. Auch dieser Platz war voller Leute und Rollstühle. In diesem Gewühl, im chaotischen und intimen Andrang von Körpern wurde es Maria speiübel, und sie hätte sich beinahe übergeben müssen. Da schaute sie auf und sah zu ihrer Rechten ein Sträßchen, das sich in einen Wald hinaufschlängelte. Sie hielt es für eine Abkürzung, einen Fluchtweg. Sie bog ein, indem sie ihre letzten Kräfte aufrief. Aber was ihr auf den ersten Blick als ein harmloses, leicht ansteigendes Sträßchen erschienen war, enthüllte sich bald als furchterregende Steigung, in der sich plötzlich Löcher auftaten, die abwechselten mit scharfen Steinen und rutschigem Schotter: und bald wurde ihr klar, dass dieser nette Pfad nichts anderes war als der berühmte *Chemin du Calvaire*, der wegen seines extremen Schwierigkeitsgrads für Kranke und alte Leute verboten war.

Trotz ihrer Erschöpfung kletterte Maria gesenkten Kopfes und mit wilder Hartnäckigkeit weiter, wobei sie immer wieder stolperte und sich die Knöchel vertrat. Atemlos erreichte sie die dritte Station, wo sie gegen ihren Willen gezwungen war, Halt zu machen. Endlich schaute sie sich um: kein Mensch zu sehen, nur die Statuengruppe, die »Jesus fällt unter dem Kreuze« abbildete. Sie machte sich wieder auf den Weg. Bei der elften Station begegnete sie einem schmächtigen Diakon, der ein Schild mit einer Aufschrift trug, und einem Geistlichen mit sympathischem Gesicht, der Birkenstockschuhe und handgestrickte Socken anhatte. Die beiden grüßten sie wärmstens. Bei der vierzehnten Station fiel sie mit den Knien auf die spitzen Steine und blieb wie tot liegen, ohne jede Ahnung vom Geheimnis der Auferstehung.

Trotzdem erhob sie sich wieder und erblickte an einer Biegung des Pfades die fünfzehnte Station, ein Rad aus Stein; hier führt die Straße, da Christus schon auferstanden ist, schwindelerregend steil bergab, vorbei an den Verwaltungsgebäuden der Patres der Grotte.

Maria nahm Hals über Kopf den steilen Pfad, springend und stolpernd, aber glücklich, weil Christus auferstanden war, auch wenn sie nichts davon verstand, und am Schluss war sie wieder in der Nähe der Grotte von Massabielle.

Mit gesenktem Kopf legte sie den ganzen Weg noch einmal zurück, überwand die immer noch überfüllte Grotte, ging durch den Bogen der rechten Monumentalrampe, stand erneut auf der Esplanade. Sich mit den Ellbogen einen Weg durch die Menge bahnend, gelang es ihr schließlich, die heilige Absperrung zu durchbrechen, die den Bezirk des Heiligtums vom Einkaufsviertel der Stadt trennte.

Sie gelangte wieder auf den *Chemin de la Forêt*, wo sich enthemmte Pilgermassen in den Devotionalienläden drängten. Um diesen Orten zu entkommen, die ihr etwas Obszönes zu haben schienen, irrte sie durch die Gegend auf der Suche nach ihrem Hotel, dem *Sainte-Geneviève* in der Rue Monseigneur Rodhain, oder so meinte sie wenigstens, müsse es heißen, da alle Reiseteilnehmer es »das Sankt Genoveva« nannten. Sie fragte vergeblich: Keiner von diesen Händlern konnte ihr sagen, wo sich die Rue Monseigneur Rodhain befand, und was die *Auberge Sainte Geneviève* betraf, wussten sie nicht einmal, ob ein Hotel dieses Namens in Lourdes jemals existiert hatte. Ein Kellner riet ihr, in Tarbes zu suchen.

Den wertvollen Auskünften eines Negers folgend, der Feuerzeuge Marke Bic mit einem Bild Unserer Lieben Frau und Sonnenbrillen mit Spiegelgläsern verkaufte, gelang es Maria schließlich doch, ihr Hotel zu erreichen. Von außen zeigte sich der Bau als ein hohes, schmales, vollkommen anonymes Haus. Sie ging hinein. Das Foyer war finster und menschenleer. Maria bemerkte sofort, dass die Einrichtung uralt war. Die Wände entlang standen niedrige Sofas, die mit geranienrotem Samt bezogen, doch zerschlissen und ausgebleicht waren. Da und dort hatte man Tischchen mit matter Kristallfläche und abgebrochenen Ecken aufgestellt, auf denen, Spucknäpfen gleich, riesige Aschenbecher aus Metall thronten. Aus einigen in den Ecken stehenden Töpfen ragten schwächliche Plastikgummibäume hervor, die in Styropor gepflanzt waren. Die Trauerstimmung des Ortes wurde noch verstärkt durch die schweren Vorhänge aus demselben ausgebleichten Samt wie die Sofas.

Maria sah sich nach einer wie auch immer gestalteten menschlichen Anwesenheit um, aber das Hotel schien unbewohnt. Sie spähte auf die Ablagefläche des hohen, mit Dauben verkleideten Tresens der Rezeption und sah ein Blatt, auf das jemand in altertümlicher Handschrift neben den Namen jedes Teilnehmers mit Bleistift die Zimmernummer geschrieben hatte. Neben ihrem Namen stand die Nummer 444. »Absurde Nummer!« dachte sie, während sie im dazugehörigen Fach nach dem Schlüssel suchte und dabei die Augen zusammenzog, um besser zu sehen. Der Schlüssel war nicht da. Vielleicht hatte ihn ein Zimmermädchen genommen, das auf der Etage arbeitete. Da Maria von der anfänglichen Idee abgekommen war, den schäbigen Fahrstuhl zu benutzen, ging sie über die Treppen hinauf, die von einem schimmelfarbenen Läufer bedeckt waren. Nachdem sie den vierten Stock erklommen hatte, bewegte sie sich tastend durch einen asymmetrischen Schlauch mit tausend Ecken, an dessen Ende kaum sichtbar etwas rötlich schimmerte, das sich als eine kleine, immerfort brennende elektrische Kerze unter dem Bild der heiligen Genoveva entpuppte. Als Maria die Tür des Zimmers 444 öffnete, kam sie sich vor wie Blaubarts letzte Frau. Das Zimmer war winzig und düster. Eine hässliche Tapete mit Blumenranken und Füllhörnern bedeckte einige Mängel, ebenso der dunkle Teppichboden. Zwei niedrige Betten nahmen fast den ganzen Raum ein. Nachttischchen gab es keine, nur einen plumpen Schemel neben einem der Betten. Ein kleiner Tisch, der hinten an der Wand stand, vervollständigte die Einrichtung. In der Mitte der Zimmerdecke hing eine milchige Birne, die schwaches Neonlicht aussandte.

Das erste, was Maria bemerkte, war ein riesiger, nagelneuer, mausgrauer Plastikkoffer. Sie wusste, dass eine andere Frau, ob Kranke, Pilgerin oder Schwester, das Zimmer mit ihr teilen würde, und der Anblick dieses überdimensionalen Gepäckstücks vermittelte ihr das Bild einer sperrigen Mitbewohnerin. Dann erblickte sie erleichtert zwischen den mausgrauen Koffer und eines der Betten gezwängt ihre Maxireisetasche aus blauem Plastik.

Maria öffnete das, was sie als einen Wandschrank identifizierte. Dieser, klein und eng, war vollkommen ausgefüllt von einem schwarzen Lederungetüm mit Metallbeschlägen. Eine Bomberjacke. Also handelte es sich um ein junges Mädchen. Dann öffnete sie vorsichtig die Badezimmertür. Auch hier war die Mitbewohnerin nicht.

Maria nahm den Schleier aus der Tasche und befestigte ihn mit einer Sicherheitsnadel im Nacken. Ach der Schleier! Die Haube der schwachsinnigen Köchin, die sie als unerträglich empfunden hatte, war im Vergleich zum Schleier eine wahre Wonne. Sie schaute in den Spiegel über dem Waschbecken. Mit dem Schleier sah sie noch zweideutiger aus, durch den Brillenzwang noch schlimmer.

Angetan mit dem weißen Schleier, der Erinnerung an den bescheidenen Fetzen, den Bernadette getragen hatte, sah Maria Angulema aus wie eine Ersatzkomparsin in einer Hardcore-Version der Nonne von Monza.

Während sie diesen ersten Eindruck durch Grimassenschneiden zu verbessern suchte, öffnete sich mit einem Stöhnen die Tür und ihre Zimmergenossin trat ein.

Maria wurde wieder ernst. Sie räusperte sich und begrüßte die Unbekannte in höflichem, beinahe servilem Ton. Das Mädchen antwortete mit einem schrillen Lachen, geriet auf ihren Plateaustiefeln ins Wanken und warf sich, immer noch lachend, auf eines der Betten.

»Ich heiße Samantha. Mit Te-Ha. TeHa-Samantha.«

Maria schaute TeHa-Samantha und ihre holzklotzähnlichen Schuhe an: entenschnabelgelb mit schwarzem Plateau. Sie hätte gern mit ihr Bekanntschaft gemacht, wusste aber nicht, was sie sagen sollte.

Plötzlich verstummt, fixierte TeHa-Samantha sie vom Bett aus mit einem bösen Blick. Sie hatte leicht schielende Schweinsaugen, die tief unter der vorgewölbten Stirn lagen.

Ihre fleischigen Lippen, eine echte Schnute, die sich zu einer Grimasse zusammenzogen, wiesen in den Mundwinkeln Spuren schaumigen Speichels auf.

Das Mädchen zog geräuschvoll die Nase hoch. Sie rieb sich die Augen und starrte Maria erneut mit bösem Blick an. Sie wirkte benommen. Dann änderte sich ihr Gesichtsausdruck schlagartig, sie lächelte. Ihre Zähne waren vom Gitter einer Metallspange umschlossen.

»Sowas, cool! Mit einer Rotkreuzschwester legen mich die zusammen!«

Maria erwiderte ruhig und sanft, sie sei keine Rotkreuzschwester, sondern eine Schwesternhelferin.

»Rotkreuzschwester, du bist echt nett!«

Maria lächelte, ohne zu antworten; sie ahnte, dass es vergeblich gewesen wäre.

»Rotkreuzschwester, gibst du vielleicht Spritzen?« fragte TeHa-Samantha, wobei sich ihre Miene verdüsterte.

»Rotkreuzschwester, du bist echt nett! Genau wie die Professorè Marinelli! …«, wie für sich sagte sie nochmal: »Die Professorè Marinelli! …«, dann zu Maria gewandt: »Professorè, ich hab Stretchjeans.«

Darauf wurde TeHa-Samantha finster und geistesabwesend; und schwieg. Sie atmete mit offenem Mund, wobei sie mit blödem Ausdruck auf ihre Schuhe starrte. Maria, die sich in dem engen Zweibettzimmer, schwer auszuhalten durch die beunruhigende Gegenwart des Mädchens, wie in einer Falle fühlte, beschloss zu gehen. TeHa-Samantha nahm keine Notiz von ihr, aber kaum hatte sie zwei Schritte in Richtung Tür gemacht, sprang sie vom Bett auf und näherte sich ihr tückisch und zerrauft, auf ihren Plateausohlen schwankend, und schmatzte ihr in weinerlichem Ton ins Ohr: »Liebe Muttergottes, mach, dass mein Opa wieder gesund wird«, und bei diesen Worten klammerte sie sich mit solchem Ungestüm an Maria, dass diese fast umgefallen wäre. Dann änderte sich ihr Ausdruck wieder und Maria von hinten umfangend flüsterte sie im Ton tiefsten Einverständnisses: »Professorè, aber der Raz Degan, der ist geil!«

Maria schüttelte sie ab und befreite sich aus der Umarmung. Sie fühlte sich auf einmal verschwitzt und klebrig, wollte sich ins Bad verkriechen und waschen. Vielleicht würde sie sich dann besser fühlen. Aber auch im Bad konnte man sich kaum umdrehen. Ohne den Schleier abzunehmen, versuchte sich Maria zusammengekauert über der dreckig aussehenden Duschwanne zu waschen. Die Fliesen, welche nur teilweise die Mauer bedeckten, waren von einer dunklen Schicht überzogen.

Als sie so über der Duschwanne in Hocke gegangen war wie ein Leghorn-Huhn, erblickte sie ein widerliches Knäuel aus Kopf- und Körperhaaren, das den Abfluss verstopfte. Sie entfernte es mit TeHa-Samanthas Zahnbürste, wobei sie die Borstenseite benutzte. Wie sehr sie sich auch anstrengte, den dünnen Strahl der Dusche in die gewünschte Richtung zu lenken, es gelang Maria doch nicht, jene Körperteile damit zu treffen, die sie der intimen Waschung hätte unterziehen wollen. Sie bespritzte sich stattdessen die Schenkel, die Waden und selbst den Bauch.

Immer noch quengelnd stellte sich TeHa-Samantha in den Türrahmen, denn die Tür war so schief, dass selbst ein teilweises Schließen derselben nicht in Frage kam.

»Professorè, beten wir zur Himmelmutter, dass sie mich brav werden lässt.« Dann, neugierig geworden: »Professorè, was machst du denn?« Und wiederum mit verändertem Ausdruck: »Aber der Raz Degan, der ist doch geil!« Darauf fing sie wieder an zu quengeln, wobei sie den Rotz hochzog und sich mit den Fäusten die Augen rieb, und sagte im Jammerton: »Himmelmutter, mach, dass mein Opa wieder gesund wird.«

Maria war inzwischen aufgestanden und versuchte, sich über der Duschwanne stehend abzutrocknen.

Plötzlich schrie ihr TeHa-Samantha mit schneidender Stimme ins Gesicht: »Professorè, wann spielst du denn das Ass aus?«

Maria fuhr hoch. »Von welchem Ass redest du denn?« Die andere tat, als wäre nichts, wich rückwärts ins Zimmer zurück und sagte dann plötzlich mit einem Lächeln: »Professorè, genehmigen wir uns ein Nutellakrepp?«

Irgendwie beunruhigt und nachgrübelnd über die symbolische, esoterische und apotropäische Bedeutung des Asses, das sie ausspielen sollte, schickte sich Maria an wegzugehen. Aber die andere war entschieden, ihr nicht von der Naht zu weichen, und folgte ihr.

Ihren neuen Schützling mitschleppend, der sich die schwarze Lederjacke mit den Metallbeschlägen angezogen hatte, ging Maria wieder zum St. Bernadette, wo sie Dienst hatte. Den ganzen Weg über lag ihr das unentwegte Gejammer TeHa-Samanthas in den Ohren. Das Mädchen hatte Mühe beim Laufen, torkelte, stolperte bei jedem Schritt und stützte sich, um nicht hinzufallen, mit ihrem ganzen Gewicht auf Marias Schulter.

Nachdem sie mehrmals in schroffem, unhöflichem Ton aufgefordert worden war, das phantomatische Ass auszuspielen, und sie das fortwährende Stehenbleiben des Mädchens zur Verzweiflung brachte, »Mir tut der Fuß weh!«, »Ich hab Seitenstechen!«, gedachte Maria die TeHa-Samantha hinters Licht zu führen, indem sie ihr die Möglichkeit in Aussicht stellte, im Krankenhaus Renato Zero zu begegnen. Die Vermutung war nicht ganz aus der Luft gegriffen, denn jedes Jahr war bei der italienischen Wallfahrt ein Konzert leichter Musik für die Kranken vorgesehen, und das diesjährige Konzert sollte in zwei Tagen stattfinden.

»Professorè, sag das nicht, da krieg ich eine Gänsehaut!« Stolpernd und sich mehrmals die Knöchel verrenkend schaffte es TeHa-Samantha, vom Trugbild der Erscheinung Renato Zeros angetrieben, in die Nähe des Heiligtums zu gelangen, wo sie von den bunten Bazaren mit den Devotionalien unwiderstehlich angezogen wurde.

Wie sehr Maria auch versuchte, sich dagegen zu stemmen, es war nicht möglich, den Aufenthalt zu vermeiden. TeHa-

Samantha war außer sich wegen des vielen Krempels, der Glaskettchen, Federohrringe, Plastiksonnenbrillen und Ansichtskarten mit dem Konterfei des Pyrenäen-Schäferhunds. Lange strich sie hingerissen und mit offenem Mund atmend durch einen der vielen Läden, die ihre Waren auf den *Chemin de la Forêt* ausspeien. Endlich gelang es Maria, sie von dieser kontemplativen Betäubung loszureißen, und ihr mühsamer Marsch begann aufs Neue. Das Mädchen folgte ihr Schritt für Schritt, auf ihrem monumentalen Schuhwerk staksend.

Ohne es zu wollen oder vielleicht absichtlich verpasste ihr die Jammernde beim Gehen und Quengeln Fußtritte gegen die Knöchel. Auf diese Weise schaffte sie es, ihr die weißen Dienststrümpfe zu beschmutzen. Dann hatte sie Hunger und erklärte, wenn sie nicht sofort zu essen bekomme, müsse sie sterben. Heulend verlangte sie einen Hotdog. Während die Wurst aus dem Brötchen hervorzuschießen drohte, durchschritten sie untergehakt das Gittertor, das vom *Chemin de la Forêt* auf die Esplanade führt, und verloren sich in der aufgeregten Menge der Kranken und Pilger.

Sich einen Weg mittendurch bahnend, gingen sie über die Esplanade, unterhalb der Statue der Gekrönten Jungfrau vorbei, schwenkten ab zu einem der Bögen der rechten Monumentalrampe und überquerten die gewölbte Brücke; beim *Croix des Bretons* waren sie gezwungen stehenzubleiben, um nicht von einer Horde Rollstühle überfahren zu werden, die in die Gegenrichtung gesteuert wurden. Als sie im St. Bernadette ankamen, war es so spät, dass sie die Zimmer verlassen und alle Betten leer vorfanden. Die Kranken waren schon zum Abendessen in den Speisesaal gebracht worden.

Während Maria den ganzen Gang entlanglief, um nachzusehen, ob vielleicht jemand zurückgeblieben war, warf sich TeHa-Samantha aufs erste Bett, das sie sah, und schlief auf der Stelle ein.

Nur durch ungeahnte Anstrengungen und wiederholtes Flehen gelang es Maria schließlich, sie wieder zum Aufstehen zu bewegen. Dann gingen die beiden langsam, weil TeHa-Samantha die Füße wehtaten und die Beine auch, zum Abendessen in ihr Hotel zurück.

Auf den hässlichen, mit ausgebleichtem und zerschlissenem Samt bezogenen niedrigen Sofas im Foyer wartete murrend die Gruppe der Pilger aus den Abruzzen, bis sie zum Abendessen drankamen. Weiter hinten sah man den vollbesetzten Speisesaal, in dem die Leute lärmend aßen.

Maria dachte, vielleicht sei das die orphische Stätte, wo sie das Ass ausspielen würde. Sie und Samantha fanden einen Platz an der Ecke eines langen Tisches, an dem bäurisch aussehende Pilger saßen, die sie keines Blickes würdigten.

Im Saal bedienten zwei Mägde von seltener Hässlichkeit, zwei Landmädchen aus dem Bigorre, wie Maria mutmaßte, die mit hundert Jahren Verspätung aus einem Roman von Zola zu kommen schienen. Die größere, eine gewisse Lisette, eine dicke, robuste Person, schlurfte lustlos und sich in den Hüften wiegend von Tisch zu Tisch. Ihr dünnes, fettiges Haar wurde von einem Metallreifen zusammengehalten. Die andere sah ein wenig manierlicher aus. Von zarter Statur, bleich, mit kurzem, gelocktem Haar und den Kugelaugen einer Schilddrüsenüberfunktion. Beide trugen eine Uniform, die aus einem geraden, weinroten Rock und einer farblich abgestimmten Wollweste bestand: darunter eine weiße Baumwollbluse mit Puffärmeln und eine schmale Satinkrawatte in demselben Weinrot wie der Rock. Die Kleine zog einen Fuß leicht nach und blieb manchmal erschöpft mitten im Saal stehen, um Atem zu holen. Die große Dicke dagegen ging mit gesenktem Kopf von der Küche zu den Tischen und zurück und knallte den Leuten mit spöttischer Miene die Teller hin. Maria versuchte die Aufmerksamkeit der beiden zu erwecken, aber vergeblich. Es verging eine halbe Stunde, während der Samantha mit katatonischem Ausdruck ins Leere starrte. Als Maria schon jede Hoffnung verloren hatte, irgendetwas zu essen zu bekommen, kam die Dicke und stellte schroff ohne ein Wort der Entschuldigung das ganze Abendessen vor sie hin.

Das Entrée bestand aus einer halb mit lauwarmem Wasser gefüllten Schüssel, in der ein paar Schnittlauchfäden trüb herumschwammen, während auf dem Grund einige bleiche Kartoffelstückchen Schiffbruch erlitten hatten. Es folgte ein rechteckiges, ausgedörrtes Vol-au-vent, das ganz offensichtlich aufgetaut, wieder tiefgefroren und wieder aufgetaut worden war, gefüllt mit einem nach Fisch stinkenden Brei. Samantha quengelte, weil sie Hunger hatte, ihr aber von dem Zeug nichts schmeckte: »Professorè, was gibt's denn sonst noch?«

Der dritte Gang hatte die Gestalt von schwammigen, bläulichen, frittierten Fischbrocken, deren Panade sich an den Rändern nach oben wölbte, mit der Beilage von vertrauten Pommes frites. Sie aßen die Kartoffeln, die zu fett waren und Maria schwer im Magen lagen.

Der Nachtisch war eine Kugel industriell hergestelltes Eis mit Vanillegeschmack, das fast ganz zerlaufen war und in einer Art hölzernem Eierbecher serviert wurde.

Nachdem das Abendessen hinuntergeschlungen war, beschloss Maria, sofort Zuflucht in ihrem Zimmer zu suchen. Aber auch TeHa-Samantha wollte sich zurückziehen. Stöhnend, mit weit offenem Mund atmend, über jede Stufe stolpernd schleppte sich Samantha hinter Maria über die Treppe hinauf.

»Professorè, der Renato Zero war ja gar nicht da!«

Kaum hatten sie das Zimmerchen erreicht, das von der Neonzwiebel in der Mitte der Decke schwach erleuchtet wurde, lag Maria Angulema schon mit dem Schleier auf dem Kopf auf dem Einzelbett. Sie schloss die Augen und versuchte, die allgegenwärtige Mitbewohnerin zu vergessen.

Sie sank beinahe sofort in unruhigen Halbschlaf, während ihre Zimmergenossin vergeblich am Schloss ihres Koffers herumarbeitete, wobei sie Renato Zero, der auf jeden Fall nicht so geil war wie Raz Degan, und die Himmelmutter anrief. Hin und wieder erwachte Maria und wäre gern von dem Lager aufgestanden, in das sie eingesunken war, um sich auszuziehen, um sich zu erbrechen, aber etwas zog sie nach unten in ein dichtes, ekelerregendes Dunkel.

Das Herz pochte an ihre Schläfen. Halb schlafend, halb wachend sah sie vor ihrem inneren Auge einen endlosen Zug menschlicher Körper. Leichte und schwere Gebrechen. Kranke Körper, verstümmelte Körper. Und Tausende von Rollstühlen. Eine Legion von Rollstühlen rückte drohend gegen sie vor, und sie konnte sich nicht rühren.

Als es dann schon tiefe Nacht war und im Hotel alles schwieg, fühlte sie sich körperlich von etwas bedroht, das genau in der Höhe der Brust auf ihr lastete und ihr den Atem nahm. Mit einer ungeheuren Willensanstrengung gelang es ihr, die Augen zu öffnen, und im Halbdunkel sah sie wenige Zentimeter von ihrem Gesicht entfernt das bleiche, ausdrucklose Gesicht TeHa-Samanthas, die sie aus ihren kleinen, nahe beieinanderliegenden Augen anstarrte; ein Speichelfaden rann ihr über das Kinn. Maria hörte eine böse, gutturale Stimme, die sagte: »Professorè, wann spielst du denn das Ass aus?«

Vor Schreck über diese Vision schlug sie zu. Das große Bündel verlor das Gleichgewicht und fiel direkt auf das andere Bett, das Marias Bett fast berührte.

TeHa-Samantha fing an zu weinen. Maria, jetzt vollkommen wach, beschloss aufzustehen und sich auszuziehen.

Während sie in das weiße Baumwoll-T-Shirt schlüpfte, das als Nachthemd diente, wies sie ihren Schützling zurecht und forderte ihn auf, jetzt zu schlafen. Aber das Geschrei wurde nur noch lauter. Maria legte sich wieder aufs Bett und blieb reglos liegen, mit weit aufgerissenen Augen in die Finsternis starrend.

Nach und nach hörte das Gewinsel auf und verwandelte sich bald in ein lautes, gurgelndes, katarrhöses Schnarchen. So ging es dann bis ungefähr sechs Uhr, als Maria mit zerschlagenen Gliedern aufstand, weil sie um sieben ihren Dienst im St. Bernadette antreten musste.

Sie zog die Uniform wieder an. Im Halbdunkel gelang es ihr nicht, mit dem rückwärtigen Verschluss der Schürze zurechtzukommen. Mit dem Cape aus dunkelblauem Tuch, das ihr fast bis zu den Füßen reichte, deckte sie alles zu. Sie weihte die Pantoletten, Wildlederimitat aus weißem, gelochtem Plastik, ein und fühlte sich auf der Stelle wie eine Krankenschwester.

Auf der Treppe stolperte sie über die Zipfel des Capes und stieß mit der Stirn an die Wand. Ihre Schläfe massierend, betrat sie den neonerleuchteten Speisesaal. Er war menschenleer. Die Tische waren schon für das Frühstück gedeckt. Die Tischdecken waren aus demselben Stoff wie die Vorhänge: synthetisch mit Blumenrankenmuster.

Maria inspizierte die Lebensmittel. Neben jedem Platz lagen ein zähes, halbes Baguette und ein Croissant. Zuerst aß sie das, was ihr zustand, dann stahl sie hungrig und benebelt weitere fünf. Sie schmeckten alle gleich altbacken.

Sie vergaß zu trinken. Erst als sie aus dem Saal ging, bemerkte sie in einer Ecke einen Automaten, an dem es Milchkaffee und Schokolade gab. Aber sie wollte keine Zeit mehr verlieren, denn sie spürte, dass der Augenblick nahte, in dem sie das Ass ausspielen würde.

Draußen war es noch dunkel, und man sah weiße Gestalten durch die Straßen huschen. Das waren die anderen Schwestern, die in die Krankenhäuser gingen.

Behindert durch das lange Cape, über das sie, so sehr sie auch achtgab, bei jedem Schritt stolperte, kam Maria zu spät, als die Nachtschicht schon zu Ende war, und abermals sahen sie die Oberschwester, die stellvertretende Oberschwester und die Ordnungsschwestern schief und missbilligend an.

In einem der Krankensäle des St. Bernadette war ausgerechnet an diesem Morgen eine Alte mit einem Panikanfall erwacht, und niemand hatte sie beruhigen können. Die stellvertretende Oberschwester warf, ohne zu zögern, Maria in diese Arena.

Die Frau, die mit einem Panikanfall erwacht war, stand vor ihr: zerrauft, bleich, mit trübem Blick und wie zwei Spiegeleier wackelnden Augäpfeln.

Die Patientin roch nach Medikamenten und nach warmfeuchtem Bett. Maria spürte, wie die sechs Croissants, die sie gegessen hatte, ihr geschlossen die Kehle hochwanderten. Sie schluckte mit einiger Anstrengung, um sie wieder hinunterzuschicken.

Eile war geboten, weil alle Kranken bis acht fertig sein mussten, um sich in den Speisesaal zu begeben. Und um acht Uhr dreißig mussten dieselben Kranken, egal ob gelähmt oder nicht, in ihren Rollstühlen sitzen, weil um neun Uhr ein

Hochamt vor der Rosenkranzbasilika stattfinden sollte.

Maria Angulema, die sich dieser Dringlichkeit durchaus bewusst war, musste nun also die von Panik gepackte Frau beruhigen, ihr beim Toilettemachen helfen und sie ins Refektorium hinunterbegleiten: Erst dort würde sie sich von ihr befreien und sie einer Kollegin aufhalsen können. Die Alte war noch im Nachthemd und rannte hektisch um ihr Bett herum. »Wo ist denn meine Unterhose?« Mit verlorenem Blick nahm sie die neue Unterhose aus weißer Baumwolle in die Hand und jammerte beharrlich weiter: »Wo sind denn meine Socken?« Sie legte die Unterhose aufs Bett und nahm die Strümpfe: »Wo ist denn meine Unterhose?«

Maria machte ein paar unbeholfene Versuche, sie wieder zur Ruhe zu bringen, indem sie ihr bald das eine, bald das andere Kleidungsstück zeigte; aber als ihr klar wurde, dass es nichts gab, was die Arme von ihrem verzweifelten Fragen würde abbringen können, was aus ihrer Unterhose und was aus ihren Socken geworden sei, schob sie sie mit Gewalt ins Badezimmer und schloss die Tür.

Währenddessen machten die anderen Schwestern, alle gleich, lächelnd, mit reinlichen Uniformen und gebügelten Schleiern, die Betten. Maria wollte es ihnen gleichtun und begann das Bett ihrer Kranken zu machen. Leicht angewidert von den noch warmen Decken, zog sie das Leintuch ein wenig glatt, und klopfte zweimal lässig auf die Tagesdecke aus Chenille, unter der sie das Kopfkissen versteckte, das unvermeidlich nach Altweiberhaar roch, dann hörte sie auf.

Die anderen arbeiteten weiter. Sie hatten schon Besen, Eimer und Putzlappen geholt. Kaum war Maria fertig, da kam eine der beiden Ordnungsschwestern und kontrollierte, überzeugt, sie auf frischer Tat zu ertappen. Mit überlegener Miene nahm sie das gemachte Bett wieder auseinander: »Damit Sie mal sehen, wie man es eigentlich machen müsste.«

Beschämt ging Maria gesenkten Kopfes zur Badezimmertür, um nachzusehen, was mit der Alten los war. Sie klopfte schüchtern, zu leise, als dass die da drinnen es hätte hören können. Schweigen. Sie wartete, dann öffnete sie die Tür mit einem Knieschlag. Alle drehten sich um und schauten. Die Frau stand mitten im Badezimmer, Unterhose und Socken fest in den Händen. Kaum sah sie Maria, fragte sie mit verstörtem Blick: »Wo ist denn meine Unterhose? … Wo sind denn meine Socken?« Maria machte die Tür wieder zu und stürzte Hals über Kopf aus dem Krankenzimmer. Sie durchlief den Gang in seiner ganzen Länge, um diesem Ameisenhaufen vertrottelter alter Weiber zu entkommen. Sie erreichte eine kleine Terrasse, und als sie dort endlich ganz allein unter der zum Trocknen aufgehängten Wäsche stand, spürte sie mit untröstlicher Gewissheit, dass sie nicht fähig war, einen Kranken zu pflegen. Sie war nicht geduldig, nicht verständig, nicht freundlich, sie empfand für diese unglückseligen Frauen letztendlich nur Groll und hin und wieder Ekel. Sie waren alt, sie jammerten unentwegt, und das ertrug sie nicht. Maria hatte sich vorgestellt, dass in Lourdes nur die großen Kranken zusammenkämen: welche, die immer auf einer Bahre liegen müssen, entsetzliche, vollkommene Invaliden, die Gelähmten, die Blinden, die Stummen, all die Geschöpfe, in denen ein Christ den verwundeten, gemarterten und gekreuzigten Jesus erblickt. Aber bisher hatte sie nur mit eingebildeten Kranken zu tun gehabt, mit unhöflichen, streitsüchtigen, aggressiven, herumkommandierenden, anspruchsvollen, dreisten, ungebildeten alten Weibern, die von hinten und vorne bedient werden wollten, wie Micchelina, die, obwohl sie gehen konnte, sich im Rollstuhl vom Bahnhof zum St. Bernadette hatte transportieren lassen.

Maria wusste, dass man ihnen stets nachgeben musste, denn das war der Geist, der das freiwillige Hilfspersonal beseelen sollte, das zusammengekommen war, um zu dienen und zu gehorchen, aber sie konnte es nicht, sie wollte es nicht und beschloss, es nie zu tun, denn sie empfand diese Haltung als eine ungerechte Beleidigung aller echten Kranken.

Nach diesen schwerwiegenden Überlegungen ging Maria in die Tiefgarage des Krankenhauses hinunter, wo die Krankenträger die Kranken bereits in die Rollstühle setzten, auch solche, die gehen konnten.

Maria Angulema erkannte jetzt, dass es zwei Arten von Rollstühlen gab. Einmal die gewohnten Rollstühle aus verchromtem Metall mit einem Sitz aus blauem Kunstleder, wie man sie in jedem Krankenhaus sehen kann. Die anderen waren dagegen wahre Wunderwerke, altertümliche Rikschas mit einem grünen, zurückklappbaren Verdeck aus Serge. Ein solcher Rikscha-Rollstuhl wurde mittels einer Metallstange gelenkt, die länger war als ein Meter und zwischen den Füßen des Invaliden herauskam. Diese Metallstange endete in einem großen Griff, in den man die Hände steckte. Dieser Griff konnte am Rücken oder am Bauch angelehnt werden, und mit diesen zwei Körperteilen bremste der Transportierende das Fahrzeug.

Der einzige Defekt der monumentalen Rikschas war ihr Gewicht, welches zusammen mit dem des Transportierten sowie seinen Behältern für das Wasser und anderen persönlichen Gegenständen jede Bewegung zu einem komplizierten und mühseligen Manöver machte. Aber Maria ahnte noch nichts von den Schwierigkeiten, eine Rikscha zu lenken, und als sie eine allem Anschein nach grazile und bescheidene Dame entdeckt hatte, deckte sie diese, wie sie sich bei den anderen Schwesternhelferinnen abschaute, mit einer der bunten, gehäkelten Decken zu, die auf einer Bank gestapelt waren, und legte ihr dann eine zweite, ebenfalls gehäkelte Decke um die Schultern. Die Dame nahm sofort einen beschämten Gesichtsausdruck an, ertrug aber alles.

Maria machte sich auf und zog die Rikscha hinter sich her. Die Straße, zuerst abwärts, dann leicht aufwärts, führte den Gave de Pau entlang. Maria ging vor der Rikscha und hielt den Griff am Rücken abgestützt. Eine endlose Prozession von Rollstühlen, die aus allen Winkeln hervorkamen, strömte in ihre Richtung zusammen. Dieser Anblick beunruhigte sie. Wo sich die Straße zu einem unebenen Schlauch verengte, musste sie stehen bleiben.

Hatte sie Vorfahrt oder musste sie Vorfahrt gewähren?

In ihrer Unsicherheit gedachte Maria, sich nach der neuen Straßenverkehrsordnung zu richten, wobei sie die Karren als Verkehrsmittel mit Menschenantrieb betrachtete. Sowie sie sich bewegte, stieß sie frontal mit einem der kleinen modernen Rollstühle zusammen. Sie wurde *ipso facto* gerügt.

Um die gewölbte Holzbrücke zu überwinden, drehte sie die Rikscha um sich selbst, wobei sie von der Passagierin mit veränstigtem Blick angesehen wurde, und schob das Gefährt an den Bauch gelehnt weiter. Dann lenkte sie die Rikscha mit kleinen Schritten unter die Rundbögen der rechten Monumentalrampe zum Heiligtum und blieb stehen. Sie hatte Durst.

Dort erteilte ein Sheriff in dunkelblauer Uniform mittels eines Pfeifchens genaue Weisungen, die man nicht missachten konnte. Man musste sich nach den mathematischen Regeln einer ausgesprochen militärischen Strategie in Reih und Glied aufstellen. Die bejahrten Rikschas mussten den flotten Rollstühlen die Vorfahrt lassen und sich entlang der Mauern der Monumentalrampe aufreihen. An die Mauer gelehnt betrachtete Maria das ungewöhnliche Schauspiel, den Tanz der Karren, die sich nach und nach einordneten und auf denen staunende Geschöpfe hin und her wogten. Als dann der Sheriff den Rikschas loszufahren befahl, setzte sie sich langsam in Bewegung, die schwere Last hinter sich her ziehend. Die Esplanade zu Füßen der Gekrönten Jungfrau begann, sich unter dem Quietschen der Rollstühle und Rikschas zu füllen, die, Rad an Rad, so nahe aneinander gestellt wurden, dass es keinen Zentimeter Zwischenraum mehr gab. Nachdem die Kranken einmal in diesen eng verschränkten Reihen dastanden, mussten sie für die ganze Dauer eines Hochamts in der Sonne in den merkwürdigsten Positionen ausharren, stumm, wehrlos, mit bunten Häkeldecken zugedeckt.

Genau da hörte sie ihn nahe hinter sich und wandte sich um. Er lag der Länge nach ausgestreckt da, mit missgestalteten Gliedmaßen, Arme und Beine gleichsam aus dem Rumpf herausgerissen, das Becken schief angewachsen, aber er hatte schwarze, leuchtende, lebhafte, weit offene Augen. Er war jung, gewiss nicht älter als fünfundzwanzig. Aus dem zerfetzten Mund, dessen Lippen nach oben und unten auseinander klafften und der von gelblichem, ausgetrocknetem und schaumigem Speichel gekrönt war, erhob sich eine Freudenklage: Er betete singend. Da wusste Maria, dass er doppelt betete, denn er betete und sang; und er lächelte ihr zu. Sie wollte das Lächeln erwidern. Sie lächelten einander zu, eine Ewigkeit lang. Maria schaute ihn immer noch an und schaute ihn von oben bis unten an. Er warf sich hin und her, bewegt und gleichzeitig merkwürdig, wobei seine Augen funkelten. Maria lächelte ihm stärker zu, er erwiderte das Lächeln, wobei er einen seltsamen, tierischen, schluchzenden Laut ausstieß, darauf verdüsterten sich seine Augen plötzlich: Auf der Hose seines Trainingsanzugs erblühte ein ungleicher Fleck mit unbestimmten Rändern, genau in der Leistengegend. Da machte er die Augen zu, zog die Lippen zusammen, die beharrlich auseinander klafften. Maria Angulema beugte sich leicht über ihn, das Gesicht wie aus Porzellan, und wölbte die Lippen vor, die sich für einen Augenblick in eine Rosenknospe verwandelten, um diesen zahnlosen Mund voller Speichel leidenschaftlich zu küssen, und während sie das tat, empfand sie unermessliche Erleichterung und tiefe Freude. Dann entfernte sie sich, aus Angst vor dem, was sie getan hatte, und ging, erschüttert und zitternd, in Richtung der Grotte von Massabielle.

Die anderen Schwestern sahen sie voller Entsetzen an.

Wie am Tag zuvor füllten zahllose Betende die heilige Absperrung. Ein leichenblasser Priester mit Stirnglatze, der aus einem flämischen Gemälde zu stammen schien, feierte die Messe mit verzücktem Überschwang, während der übliche Zug von Rollstühlen und Pilgern mit Kerzen in der Hand langsam und schweigend durch die Grotte zog. Viele streichelten oder küssten den Felsen.

Maria blieb außerhalb der Absperrung stehen, steif wie ein Stockfisch, doch wacklig auf den Beinen. Sie hätte sich gern gesammelt, um zu beten, aber sie war nicht dazu fähig. Mit einem Gefühl der Müdigkeit und Verzagtheit blickte sie hinauf zu der weißen Statue in der Nische. Die schien keinerlei Notiz von ihr zu nehmen. Sie fiel auf die Knie, wobei sie sich wehtat, ihre Arme unter dem Cape versteckt. Das Gummi des Schleiers drückte auf ihre Schläfen wie eine glühende Krone.

Jetzt war der Augenblick da, die Bürde vorzuzeigen.

Aber etwas Hartes traf sie am Rücken, ein entschiedener Schlag in die Nierengegend. Verwundert und empört wandte sie sich um.

»Professorè, wann spielst du denn das Ass aus?«

TeHa-Samantha befand sich in Gesellschaft einer garstigen Alten, die sich sogleich vorstellte: »Freut mich, Liona, Vertilgerin von gegrillten Innereien.«

Die Pilgerin Liona, mit der Wallfahrt aus Latium gekommen, sah aus wie ein tückischer Gnom. Klein, untersetzt, mit vorstehendem Bauch, harten Gesichtszügen, dünnen Lippen, tiefliegenden gelben Augen und einem bösen Blick trug sie einen zerdrückten Räuberhut aus grünlicher Baumwolle tief ins Gesicht gezogen.

TeHa-Samantha zwickte sie in die Innenseite des Arms zwischen Ellbogen und Achsel, wo es besonders wehtut, und flehte, plötzlich kleinlaut geworden: »Professorè, gehn wir, 's ist dringend.«

Und mit diesen Worten warf sie sich, rechts und links Speichel versprühend, mit ihrem ganzen Gewicht auf sie. »Professorè, los, gehn wir.« Auch Liona kam näher, und ihr ins Gesicht schnaufend nickte sie mit wildem Blick, als wollte sie es bekräftigen: Gehn wir. Maria Angulema sah sich daher gezwungen, den beiden zu der nicht näher bestimmten Dringlichkeit zu folgen.

Vielleicht hatte diese Dringlichkeit mit dem Ausspielen des Asses zu tun, dachte sie. Sie gingen zum Gave de Pau, verließen die Grotte von Massabielle und ihre Stille; die rauchenden Vordächer entlang, wo die großen Kerzen brannten, die im Angesicht Unserer Lieben Frau keinen Platz gefunden hatten, dann kamen sie zu dem anonym wirkenden Komplex der Bäder und überquerten den Fluss. Sie gingen am rechten Ufer weiter und kamen dann auf eine große Wiese. TeHa-Samantha atmete mit offenem Mund wegen ihrer mit Rotz gefüllten Nase und dachte nicht im Traum daran, sie sich zu putzen, während sie in ihren Stiefeln über den schlammigen Boden stakste. Die alte Liona ging düster und konzentriert voraus, mit der Wucht einer Lokomotive. Die Dringlichkeit schien noch fern. Sie befanden sich auf einem großen, unbebauten Feld; am Feldrand sah man ein Wäldchen, wo das Laub einiger rachitischer Eichen einen dunklen Fleck bildete.

Sie gingen auf den Fleck zu. Maria war immer ratloser und beklommener, sie wusste nicht genau, was sie da machte und schlimmer noch, was ihr bevorstand. Sie spürte etwas Bedrohliches und ging langsamer.

TeHa-Samantha stolperte über einen Stein und fiel lachend auf die Erde: »Professorè, bin glatt umgekippt.« Liona führte Maria zu einem Gebüsch, zwang sie niederzuknien und, das Gras mit den Händen zur Seite biegend, zeigte sie ihr einen Pilz mit herunterhängenden, faltigen Häuten und mit weißem, graugeflecktem Hut.

»Fräulein, sehn Sie den, den Milchtäubling?«

Dann wies sie auf einen einsamen, entfernt stehenden Baum mit knotigem Stamm, den sie als »Birnbaum von Monteleone« bezeichnete und auf den Maria in ihrer Eigenschaft als Rotkreuzschwester hätte hinaufklettern sollen, um die Früchte zu horten. Sie zeigte ihr mit komplizenhaftem Gebaren ein Plastiksäckchen, in dem sie ihr Taschentuch hatte und das Maria mit Früchten hätte vollstopfen sollen. Mit obszöner Naschhaftigkeit erklärte sie, dass sie diese in Rotwein kochen wolle.

Maria weigerte sich entschieden, zu dem Birnbaum zu gehen und wollte auch den einsamen Täubling kein zweites Mal sehen, bevor ihn Liona pflückte.

Ohne ein Wort zu sagen, kehrten sie von der Dringlichkeit zurück wie eine Patrouille übel zugerichteter Hunde, wenn sie heimwärts trotten von einem ihrer aufreibenden Streifzüge auf den Spuren einer läufigen Hündin.

Am frühen Nachmittag, ausgerechnet um die Zeit, zu der sich Maria jeden Tag sterbenselend fühlte, musste sie die Pilger, zu denen auch einige eingebildete Kranke gehörten, auf einen Vergnügungsausflug nach Gavarnie, einem Ort in den Pyrenäen, begleiten.

TeHa-Samantha und Liona waren verschwunden, nachdem sie missmutig die gemeinsame Mahlzeit im Restaurant des Hotels St. Genoveva eingenommen hatten, und waren erst wieder aufgetaucht, als sich der Bus mit den Ausflüglern schon in Bewegung gesetzt hatte: Sie hatten verlangt, dass der Fahrer die Türen noch einmal öffnete, um sie einsteigen zu lassen. Maria hatten sie zu deren großer Erleichterung ignoriert, um sich in die letzte Reihe neben Ghigo und Laura zu setzen.

Der Überlandbus mit seiner Last von Ausflüglern, die von der Aussicht, sich für einige Stunden von Kranken und Krankheiten zu entfernen, freudig erregt waren, mühte sich eine Bergstraße hinauf, die zwischen zwei glatten Felswänden verlief, in denen sich hin und wieder Schluchten auftaten, die im ganzen Bigorre berüchtigt waren.

Bei jeder Kehre schrien die Ausflügler vor Angst, in einen Schlund zu stürzen und zerschmettert liegen zu bleiben. Der Fahrer, ein rothaariger Franzose, nahm es ihnen übel. Alle ohne Unterschied mussten sich übergeben. Maria, von der kollektiven Auto-Übelkeit nicht betroffen, wollte sich an dem allgemeinen Unwohlsein beteiligen, was ihr durch einen Zwischenfall gelang, denn sie wurde mit einiger Verfrühung von »ihren Tagen« ereilt.

Da es ihr aber an den passenden Schutzmitteln in Form hygienischer Damenbinden mangelte, brachte sie das Auftreten dieser ihrer höchstpersönlichen Krankheit in große Verlegenheit, doch musste sie sich mit der Menstruation, der Mutter aller weiblichen Beschwerden, notgedrungen abfinden.

Als am Ende einer phänomenalen Steigung der Motor dumpf aufheulte und alle besorgt schwiegen, teilte Nazzarena offiziell mit: »Leute, ich muss.«

In der letzten Reihe hielten sich Ghigo und Laura eng umschlungen, unbekümmert ob des Grinsens und der grimmigen Blicke, die ihnen von den sittenstrengen Frauen zugeworfen wurden. Das Küssen erfuhr freilich viele Pausen, weil Ghigo bei jeder Kehre – und es folgte eine auf die andere – kräftig pfiff. Alle schauten ihn scheel an. Die Fahrt schien kein Ende zu nehmen, und den ärgerlich gewordenen und von Brechreiz geschüttelten Ausflüglern wurde es abwechselnd heiß und kalt: »Uns ist heiß, machen wir das Fenster auf«, »Uns friert, macht das Fenster zu«.

Maria saß stocksteif auf ihrem Platz, denn aus Angst, das Blut könnte irgendwo Flecken hinterlassen, wagte sie nicht die geringste Bewegung.

Nazzarena, die weiterhin »musste«, erbrach schließlich ein grünliches Püree mit weißen Krümeln, den vormals »Prächtigen Rosenkohl an Béchamelsoße«.

Maria hielt sich vor Schmerzen den Bauch. Als sich die Klamm, durch die sie fuhren, endlich weitete, erschien zu ihrer Rechten der tröstliche Umriss einer modernen Tankstelle. Zwei Cafeterias, drei Geschäfte mit Souvenirs aus dem Gebirge, drehbare Ständer mit witzigen Ansichtskarten, Schals, Pullover, Fächer, Pfeifen, Feuerzeuge, Kopftücher und sogar ein Bach.

Sie hielten. Alle stürzten aus dem Bus, als würden sie von einem Wespenschwarm verfolgt. Maria erreichte mit kleinen Schrittchen und aneinandergepressten Beinen eine Damentoilette und fand dort nichts Besseres, das sie dem schmutzigen, mächtigen Fluss, der bereits ihre Unterhose durchtränkt hatte, hätte opfern können, als das Baumwoll-T-Shirt, das sie unter den Schichten der Uniform trug; das sperrige Paket des sechsfach zusammengelegten T-Shirts hatte kaum Platz in der durchnässten Unterhose mit dem ausgeleierten und an verschiedenen Stellen ausgefransten Gummizug.

Die Ausflügler stürzten sich in die Kneipen. Marino, ein

Wurstwarenhändler aus Bagnorea, wer weiß warum Marino-vom-Rimps genannt, mit der Wallfahrt aus Umbrien gekommen, dank des besonderen Privilegs, dass eine Tante von ihm in dieser Gegend wohnhaft war, ein quirliger kleiner Mann, bekannt für seine Listen und witzigen Pointen, kaufte für die übertriebene Summe von an die fünfzig Francs eine durchsichtige Tüte voll Pyrenäen-Pralinen *ad imitationem petrae*: Die Süßigkeit war etwa so groß wie eine Haselnuss mit Schale und hatte die natürliche Konsistenz eines Steins. Man musste die Praline mit Geduld lutschen, bis man zuletzt, wenn einem eine klebrige Glasur den ganzen Mund zusammenzog, die winzige Füllung mit dem unverwechselbaren Aroma von Schokoladenersatz schmeckte. Marino-vom-Rimps bot die Pralinen an, die allen wie Steine vorkamen, und als nur noch ein paar in der Tüte geblieben waren, kam er auf den Gedanken, sie mit echten Kieselsteinen zu mischen. Kichernd stieg er einen Pfad zum Bergbach hinunter. Die anderen Teilnehmer fotografierten sich gegenseitig vor dem Bus in durchaus unnatürlichen Posen und mit durchaus unnatürlichen Gesichtern. Maria Angulema, nunmehr geschützt durch den Ballast der selbstgemachten Binde, entspannte sich vor den Drehständern mit den Ansichtskarten: Asterix mit Handy auf einer Vespa, eine von hinten aufgenommene Kuh mit erhobenem Schwanz, die einen wahren Wasserfall pinkelt, drei arme Pyrenäenhundwelpen (eigentlich auch nichts anderes als ein maremmanischer Hirtenhund), die blöd aus einem Korb glotzen.

Der Fahrer hupte einmal gebieterisch, und alle stiegen eiligst ein. Der Bus quälte sich weiter mit immer größerer Anstrengung, den Motor am Anschlag, während die Straße schließlich so schmal wurde, dass sie nur noch abwechselnd einspurig befahrbar war. Marino-vom-Rimps verließ seinen Sitzplatz neben dem Fahrer, den er im Dialekt von Viterbo anredete, ohne Antworten zu bekommen, und begab sich dann schwankend bis zur letzten Sitzreihe, um seinen Streich zu spielen.

Zum Opfer ausersehen waren Ghigo und Laura. Mit scheinheiligem Lächeln hielt Marino-vom-Rimps ihnen die Tüte hin: »Bitte, bedienen Sie sich!« Sicher würden die zwei Trottel einen Stein erwischen, da es praktisch unmöglich war, noch eine echte Praline herauszufischen.

Ghigo bedankte sich mit zwei Pfiffen. Dann begannen beide, ohne mit dem Küssen aufzuhören, an den Geschossen zu saugen.

Zunächst passierte nichts. Einige Ausflügler erklärten, sie hätten »Leibgrimmen«, worunter sie verstanden, dass ihnen wieder schlecht war, und sie begannen zu stöhnen. Marino-vom-Rimps setzte sich grinsend wieder auf seinen Platz in der ersten Reihe. Einige Augenblicke später sprach die fette Laura zum ersten Mal seit dem Beginn der Reise. Sie hatte eine schöne, wohlklingende Stimme, die in Widerspruch stand zu dem verschlampten Aussehen ihrer Gestalt. Sie stieß ein Kreischen aus, das auf seine Art etwas Vornehmes, Herrschaftliches an sich hatte. Dann spuckte sie keuchend und mit feuerrotem Gesicht auf ihre Schuhe einen Kieselstein und einige andere Stückchen, die später als Fragmente einer Zahnprothese identifiziert wurden, Ghigo pfiff unterdessen wie ein Verrückter. Groß war die Freude der Anwesenden über das Gelingen des Streiches; viele machten Marino-vom-Rimps Komplimente, der sich nicht wenig geschmeichelt fühlte. Aber da warf sich Laura, nachdem sie den ersten Moment der Verblüffung überwunden hatte, mit dem erstickten Schrei »Ich bring dich um!« drohend auf ihn. Nur der vorsorgliche Eingriff einiger kräftiger Frauen konnte ihre Raserei besänftigen; die Ärmste wurde auf ihren Sitz zurückgedrängt, wo sie unter Tränen in Ghigos Armen zusammenbrach.

In der Zwischenzeit hatten sie auf einem leeren Parkplatz gehalten. Es war nicht Gavarnie, aber der Fahrer erklärte, hier sei der Ausflug zu Ende, und duldete keinen Widerspruch. Die Leute wollten nicht aussteigen, denn es gab keine Souvenirläden; nur ein Schild in der Ferne wies auf ein Restaurant hin, das von der Vegetation versteckt weiter oben lag und über einen Schotterweg erreichbar war.

Micchelina wollte nur aussteigen, um sich von Maria im Rollstuhl für Gelähmte herumschieben zu lassen. Nazzarena hingegen wollte den soeben erworbenen Fußwärmer aus Hammelfell, eine Art behaarten Schlauch, nicht loslassen und blieb zu dessen Bewachung im Bus. Die blöde TeHa-Samantha, nun der wilden Liona hörig, der sie blind zu gehorchen schien, schaukelte auf ihren Plateaustiefeln hinter der alten Megäre bis zum Rand des Parkplatzes, wo der Asphalt aufhörte und ein lichtes Gehölz begann, in dem große, bleiche Felsblöcke lagen. Wie im Traum sah Maria, wie die raue Liona, Vertilgerin von gegrillten Innereien, mit einem landwirtschaftlichen Gerät bewaffnet, in dem sie eine Hippe erkannte, auf ihre in Männerschuhen steckenden Füße starrte, während ihr TeHa-Samantha, einen Kieselstein lutschend, zurief: »Gehn wir, Liona, es ist dringend, gehn wir!« Dann sah sie die beiden, grotesk und unförmig wie zwei Affen, die eine groß, die andere klein, auf das Dringliche zusteuern.

Maria und Micchelina gingen los. Sie überquerten den ganzen Parkplatz. An dessen äußerstem Rand, kurz bevor sie anfingen, sich die zum Lokal führende Schotterstraße hinaufzuarbeiten, schlossen sich ihnen drei eingebildete Kranke an.

Es sprach Rolanda aus Morrano, eine stämmige Person mit verschmiertem Lippenstift und Schnurrbart, kurzem, braunem, von der Dauerwelle versengtem Haar, zu der großen, spindeldürren Vittoria aus demselben Dorf, die kein Kinn hatte und kugelrunde, vorstehende Augen: »Leute, gehn wir da rauf, hinter der Krankenschwester?«

Die Angesprochene antwortete, indem sie den Mund verzog: »Spinnst du? Dann jammerst du wieder, weil dir die Füße wehtun.«

Darauf versetzte Rolanda: »Gehn wir, das tut uns gut. Wenn wir dieses Opfer bringen, dann macht uns vielleicht die Muttergottes gesund, alle miteinander!«

Auf diese Worte erwiderte weinerlich die Dritte, eine knochige Frau mit finsterem Blick und zu einem Knoten geschlungenem weißem Haar, unschlüssig und ihre Hände ringend: »Aber ich hab doch schon das Grottenwasser getrunken.« Das war Armenia della Cipolla.

»Also gehn wir«, sagte Rolanda, Atem holend. Und Vittoria: »Was gehn? Mir tun jetzt schon sämtliche Knochen weh.«

Rolanda starrte eindringlich auf Armenia, die das Wasser schon getrunken hatte, und sagte dann mit entschiedenem Ton: »Macht, was ihr wollt, ich geh jedenfalls.« Sie machte sich hinkend auf den Weg. Die anderen beiden sahen einander an; Vittoria schnaubte. Dann folgten sie ihr widerwillig. Vittoria trödelte; sie spielte die Beleidigte. Armenia, die das Wasser schon getrunken hatte, blieb bei jedem dritten Schritt stehen und schaute zurück.

Ein paar Meter weiter vorne schleppte sich Maria Angulema vorwärts, über die Steine stolpernd und durch den offenen Mund atmend, um das stinkende Haar der Passagierin nicht riechen zu müssen. Doch Micchelina wollte, wie eine Maharani von Ranchipur auf ihrer Sänfte, Konversation treiben.

»Fräulein, wenn wir wieder daheim sind … kommen Sie dann zum Pilzesuchen?«

Maria, die sich vollkommen auf die Lenkung des Rollstuhls konzentrierte, hörte ihr nicht zu.

»Also, wenn wir wieder heimgekommen sind, Fräulein, vielleicht kommen Sie dann zu mir, wenn's Pilze gibt?«

Maria hörte ihr nicht zu: Sie dachte nach, und ihre Gedanken schwappten lasch und klebrig in ihrem Kopf herum, dachte nach über das Ausspielen des Asses, von TeHa-Samantha angekündigt, die sich, so schwante es Maria, in ihrer launischen und visionären Stumpfsinnigkeit in esoterischen und symbolischen Dingen gut auskennen musste.

»Wir gehn zu mir, wenn Pilzzeit ist, vier oder fünf Tage, wir könnten einen Kuchen backen, Mürbteig mit Marmelade, schmeckt Ihnen der?« Maria, die mit vor Anstrengung gesenktem Kopf und gekrümmtem Rücken den Rollstuhl aufwärts schob, fing nur das Wort »Mürbteig mit Marmelade« auf. Ja, das schmeckte ihr. Es war ein bäuerlicher Kuchen, ein Kuchen aus ihrer Kindheit. Sie mochte den Rand des Kuchens, wo fast keine Marmelade war. Wenn sie ein ganzes Stück bekam, spuckte sie die Marmelade aus.

Micchelina fuhr fort mit ihrem Monolog.

»Dann mach ich einen Mürbteig, weil sonst geht mir die ganze Marmelade kaputt, und den essen wir dann.«

Maria achtete nicht auf Micchelinas in jammerndem Ton vorgebrachte Worte, sie spürte auf ihrem Herz, das heißt in der Mitte ihrer Brust, eine verkrustete Füllung lasten: Misslungenes, Gelungenes, doch wieder Zuschandengewordenes. Ein schwerer Brei aus Zweifeln, Groll, Unsicherheiten, rasender Wut, Unzufriedenheit und Unbescheidenheit. Es war ein totaler, physischer Schmerz. Es war ihre Bürde.

»Dann machen wir Mürbteigkuchen!« Maria blieb stehen; sie war müde und erhitzt; sie fühlte sich verloren. Sie nahm den Schleier ab, setzte ihn aber gleich wieder auf. Sie hatte Seitenstechen und musste sich auf einen Stein setzen. Die selbstgemachte Damenbinde verrutschte. Über Steine stolpernd holten sie die drei eingebildeten Kranken ein: vorneweg, keuchend, Rolanda aus Morrano, dann Vittoria, missgestimmt und ein wenig gebeugt, gleich hinter ihr, kerzengerade, Armenia.

Die drei Frauen blieben einige Schritte entfernt von ihnen stehen. »Sogar die Krankenschwester ist erschöpft«, sagte mit grimmiger Stimme Vittoria. »Ich möchte wissen, was wir hier verloren haben.« Rolanda aus Morrano, der die Luft zum Antworten fehlte, warf keuchend mit feuerrotem Gesicht hin: »Willst du vielleicht auch im Rollstuhl fahren?« »Bin doch kein Krüppel!« brüllte darauf Vittoria. »Bin nicht lahm, brauch keinen Rollstuhl.« Bei diesen Worten fühlte sich Micchelina auf der Stelle beleidigt, drehte sich zu drei Vierteln um und knurrte: »Ich bin auch kein Krüppel!« und erhob sich sogleich. Um der anderen zu beweisen, dass sie gehen konnte, ging sie bergauf, nachdem sie sich mit despotischem Gebaren Marias Arm geangelt hatte.

Nachdem also der Rollstuhl stehengelassen worden war, setzten sie mit aufreibender Langsamkeit ihren Marsch in der prallen Sonne fort. Unbarmherzig blendete das Blau des

Himmels; Maria, angeekelt von der körperlichen Nähe der Alten und ihres Haars, das nach etwas Totem roch, schwitzte reichlich. Kaum hatten sie das Ende der Steigung erreicht, kaum hatte sie die Triade der eingebildeten Kranken schnaufend und immerzu murrend eingeholt, mussten sie sofort umkehren, weil der Fahrer hupte, um sie zurückzurufen. Über dieselben Steine stolpernd wie auf dem Hinweg und sich die Knöchel verstauchend, gingen sie zum Rollstuhl zurück, in den sich Micchelina nicht setzen wollte. Maria musste den leeren Rollstuhl schieben, während die Alte schwer an ihrer Schulter hing. Sie stiegen wieder in den Bus, der mit laufendem Motor dastand und abfahrbereit schien, empfangen von einem »Endlich!« schreienden Chor. Bevor man zur ordnungsgemäßen Abzählung der Überlebenden schritt, sah Maria, während sie durch den Mittelgang zu ihrem vorher eingenommenen Platz torkelte und kurz aufblickte, ihn direkt vor sich stehen und wusste, dass dieses Wunderwerk auch auf der Hinfahrt dabei gewesen war: Wie war es möglich, dass sie das nicht gemerkt hatte? Sie richtete ihre kurzsichtigen Augen auf das Erkennungsschildchen des Wunderwerks und las: »Gonzalo Gómez y Morena, Krankenträger der Hl. Jungfrau der Macarena, Sevilla«. Und plötzlich fiel ihr ein, dass sie von seiner Anwesenheit in Lourdes aus dem Bruchstück eines erregten Gesprächs zwischen zwei jungen Schwesternhelferinnen erfahren hatte, die im St. Genoveva kurz vor der Abfahrt nach Gavarnie (wo sie nie ankommen sollten) unentwegt miteinander tuschelten. Der Schöne, der sie anschaute – und seine Augen waren tiefe, dunkelblaue Seen, fliederfarben umrandet – und mit vollkommenen Lippen anlächelte, saß auf dem mittleren Platz der letzten Reihe über dem Motor, wo alles wackelt.

Maria nahm eiligst den Schleier ab. Gelähmt vor Staunen, wagte sie nicht einmal zu denken, dass sie sich neben ihn setzen könnte, und war gezwungen, sich schräg zwischen zwei Reihen hineinzuschieben, um Ghigo und Laura vorbeizulassen, die, der eine pfeifend, die andere zappelnd, ihre Plätze erreichten, wo sie sich auf der Stelle umklammerten. Aber bevor sich Maria auf ihren Sitz gleiten ließ, wo der unbesonnen abgelegte Schleier lag, wollte sie ihn noch einmal anschauen: Denn von Gomez y Morena ging ein solcher Zauber aus, dass einem das Herz wehtat, man wusste nicht, woran es lag, vielleicht am Gegensatz seines vollendet männlichen Ausdrucks und der vollkommenen Feinheit der Gesichtszüge.

Auf ihrem Schleier sitzend, fühlte Maria sich dahinschmelzen, in ihrem Bauch drehte sich alles um, zuerst scheu, dann brennend, eine Spirale erfasste sie, bohrte in ihr mit zunehmender Raserei, bildete Wirbel ungefähr in ihrem Magen, wenn ihr auch die genaue Lokalisierung nicht glückte. Dann zog das Gewirbel in ihrem Bauch sie in tiefe, schwärmerische Verblüffung, um nicht zu sagen Verblödung, die nach und nach zu einem ununterdrückbaren Übelsein und einem Besitzverlangen wurde. Sie fühlte sich hässlich und behaart wie eine Spinne und sehnte sich zugleich heftig danach, sich eine Bahn zu ihm zu öffnen, um sich auf ihn zu werfen und ihn zu nehmen. In großen Zügen die Luft einsaugend, die getränkt war von dem säuerlichen Atem derer, die sich auf der Hinfahrt erbrochen hatten und jetzt auf der Rückfahrt rülpsten und gähnten, ohne daran zu denken, ihre Mundhöhle anstandshalber mit der rechten Hand abzuschirmen, das Bündel des sechsmal gefalteten T-Shirts zwischen den Schenkeln, nicht im Bilde über das Durchhaltevermögen ihres Hosengummis, die Lippen zu einer »Hühnerarsch« genannten Grimasse zusammenziehend, kauerte sich die unglückliche Maria auf ihrem Sitz zusammen.

War Gomez y Morena derjenige, für den sie das Ass ausspielen würde? War er das Herzass?

Indessen machte es sich der ahnungslose Gegenstand dieser Gedanken auf seinem Sitz bequem, der nordwestlich von dem Marias gelegen war, und streckte die Beine aus, so dass er mit dem rechten Knie den linken Ellbogen der behaarten Spinne berührte, die Maria Angulema, vom Virus der Liebeskrankheit befallen, nun geworden war.

Der Räuberhut Lionas ragte in der ersten Reihe gleich hinter dem Rücken des Fahrers in die Höhe. TeHa-Samantha kam auf Maria zugehinkt. Sie zog den Rotz hoch und hielt ihren Mund, wie gewöhnlich, der Welt weit aufgerissen entgegen. Mit Schubsern und Fußtritten drängelte sie sich auf den Platz zwischen Maria und dem Fenster. Um das wandelnde Totem durchzulassen, erhob sich Maria und drehte sich schüchtern nach dem Spanier um, der ihr unendlich süß zulächelte, so kam es ihr jedenfalls vor. Sie erwiderte mit einem benommenen Lächeln und erlitt seligen Schiffbruch in den dunkelblauen, fliederfarben umrandeten Seen.

Die Rückreise versprach weitaus kürzer zu werden als die Hinreise. Die Straße war zwar dieselbe, ebenso gefährlich und verrottet, aber es ging abwärts und der Fahrer trat aufs Gas. Maria freute es nicht. Kaum hatte sie sich wieder auf ihren Platz gesetzt, hatte sich das Knie wieder beredt an den von der Armlehne hervorstehenden Ellbogen geheftet. Der Honigmond zwischen dem Ellbogen der Spinne und dem Knie des Schönen wurde jedoch von TeHa-Samanthas ständigem Greinen unterbrochen, das Maria vollkommen ignorierte, worauf diese nach einer Weile den bitteren Schluss zog: »Professorè, du hast mich ganz schön verarscht in der winzigen Ecke.«

Indessen wollte es Marino-vom-Rimps ausnützen, dass sich noch niemand erbrach, und neben dem Fahrer stehend, der ihm hin und wieder einen giftigen Blick zuwarf, ergriff er das Mikrophon, das ihn erregte, weil es war, wie im Fernsehen zu sein, und übernahm die Rolle des Alleinunterhalters.

Zu Beginn gab er seinem Publikum ein Rätsel auf, das damals in Montefiascone große Beliebtheit genoss: »Es ist außen haarig und innen haarig, du hebst die Flosse hoch und steckst sie rein. Was ist das?«

Viele begannen, in ihren Sitzen eingeklemmt, sich vor Lachen den Bauch zu halten. Es erhoben sich dreiste Stimmen; Kreischen und Muhen. Ghigo pfiff dreimal. Eine alte Frau sagte: »Das Schaf.« Eine andere: »Die Strickjacke.« Zuletzt, als die Erregung den Gipfel erreicht hatte, schleimte Marino-vom-Rimps ins Mikrophon: »Der Socken.« Die Frauen spendeten tosenden Applaus, wie sie es aus dem Fernsehen kannten.

Maria hatte rote Ohren und ihr Gesicht glühte: Wie sehr sie sich auch angestrengt hatte, es war ihr nicht gelungen zu verstehen, warum alle derartig lachten, aber sie ahnte, dass der Grund dieser Heiterkeit etwas Obszönes und Schändliches an sich hatte. Das Knie drückte indessen weiter an ihren Ellbogen, in qualvollen Abständen freilich, doch sie wagte nicht die geringste Bewegung, aus Furcht, den Kontakt zu verlieren, der für sie lebenswichtig geworden war. Sie beschloss, den Dienstschleier wieder aufzusetzen, wobei sie ihre abstehenden Ohren, die sie leicht unter dem Gummi hätte verstecken können, absichtlich draußen ließ. Sie dachte: »Wenn er mich jetzt anspricht, obwohl er mich in dieser komischen Aufmachung so hässlich und lächerlich sieht, dann heißt das, ich interessiere ihn.«

An dieser Stelle riss Noemia aus Vetriolo, die an Bluthochdruck litt, dem immer noch lachenden Marino-vom-Rimps das Mikrofon aus der Hand und gab der entzückten Zuhörerschaft ein zweites mysteriöses Rätsel auf: »Hart und trocken geht es rein, weich und nass kommt es raus. Was ist das?«

Geschrei und Gelächter. Eine Stimme erhob sich, man wusste nicht genau woher, und ließ eindeutig, definitiv, dogmatisch los: »Der Mann von der mit dem Haar außen.« Die

Leute waren im Delirium. Die drei alten Weiber, die nahe beim Fahrer in der zweiten Reihe saßen, applaudierten schluchzend.

»Der Keks im Tee, der Keks im Tee«, wiederholte Noemia, die, nachdem sie wieder Atem geschöpft hatte, vor Genugtuung errötend einen Witz erzählte, der im Eisenbahnbereich spielte: »Ficken zwei auf dem Bahngleis …«

Bedroht von diesen Schweinereien, die sie verlegen machten, wartete Maria während der ganzen Fahrt vergeblich darauf, dass auf die Knie-Ellbogen-Kontakte eine verbale Annäherung erfolgte. Aber Gonzalo beschränkte sich auf Seufzer.

Als Maria diese qualvolle Berührung schließlich nicht mehr aushielt, entfernte sie den Ellbogen mit Entschiedenheit und ein wenig Groll, um zu sehen, ob ihm das spanische Knie folgen würde. Das Ereignis geschah: Das Knie von Gomez y Morena rückte dem Ellbogen von Maria Angulema nach, an dem es sanft und mit männlicher Überlegenheit haften blieb. Es war geschafft. Vom Erfolg ermutigt, wurde Maria zuerst schön, dann begann sie langsam und mit blinder Beharrlichkeit ein Manöver, das darin bestand, mit der Spitze des Ellbogens sein Knie zu schubsen, das keinen Widerstand leistete, bis sie sich öffentlich bloßstellte, indem sie sich mit dem ganzen Oberkörper aus dem Sitz beugte. Es war innerste, selige Schande.

Während sie mit halb geschlossenen Augen aus ihrem Sitz hing, traf sie ein feuchter Lappen an der Stirn: Sie fasste ihn mit zwei Fingern und stellte mit Abscheu fest, dass es sich um eine von Schweiß verfilzte Socke handelte, die einer der Passagiere in naiver Gutmütigkeit losgeschleudert hatte.

Sie erwachte jäh aus der Idylle, während Gonzalo mit einem Seufzer sein Knie zurückzog. Die Kontakte hörten auf. Maria fühlte sich verloren. Als der Bus mit ruckelndem Motor vor dem St. Genoveva anhielt, um seinen Inhalt auf die schmale, zwischen den zwei Flügeln hoher Häuser eingezwängte Straße zu ergießen, suchte Maria, während alle versuchten, als erste zum Ausstieg zu gelangen, nach irgendeinem Vorwand, um wenigstens noch einmal den Ellbogen-Knie-Kontakt zu erneuern. Doch der Schöne schien sich in Luft aufgelöst zu haben.

Als sie jedoch die drei Stufen des Überlandbusses langsam und in tiefer Schwermut hinuntergestiegen war, erschien Gonzalo wie durch ein Wunder wieder hinter ihr. Maria fühlte die entzückende Bedrohung seiner Anwesenheit auf sich lasten. Auf dem Bürgersteig sahen sie sich lange in die Augen: Die Augen von Gonzalo waren dunkelblaue Seen, dunkelblaue, fliederfarben umrandete Seen. Er überstrahlte sie mit seinem Lächeln, um dann mit schnellen, großen, genauen Schritten in Richtung einer nicht näher bezeichneten Unterkunft zu verschwinden, die nach Marias Meinung das in der Nähe gelegene *Hôtel des Grâces* war, in derselben Straße nur hundert Meter weiter vorne, wo alle Gebäude unvergleichlich eleganter waren als das St. Genoveva. Nachdem diese Vermutung aufgestellt war, wurde das *Hôtel des Grâces* für sie sofort zum Nabel der Welt.

Durch Gonzalos Lächeln ermutigt, ließ sich Maria widerstandslos von der klebrigen Horde der Ausflügler mitschleppen, die einander schubsend zum Restaurant drängten. Sie spürte, wie ein ungeahntes Wohlbefinden in sie strömte, und wollte das strahlende Lächeln jenes spanischen Engels wiederholen, indem sie sich selber zulächelte. Aber als sie sich im Spiegel anschaute, der die Wand hinter dem Tresen der Rezeption einnahm, sah sie mit Entsetzen, dass aus einem ihrer Nasenlöcher ein Büschel schwarzer Härchen hervorstarrte, von deren Existenz sie nie etwas geahnt hatte.

Zutiefst niedergeschlagen ging sie die Treppe hoch. Als sie eine Hand in die Schürzentasche steckte, fand sie die schweißverfilzte Socke wieder, die ihr im Bus jemand an den Kopf geworfen hatte, und in dieser Socke, halb Wolle und halb Acrylfaser, las Maria die Zukunft und wusste, dass ein großes Geschenk von oben herunterfallen würde, eine unendliche Freude, um die sich ihre Hände, wie unwürdig sie dessen auch immer waren, ohne zu zögern würden schließen müssen.

Die sichere und zugleich unsichere Epiphanie des endgültigen Ausspielens des Asses stand ihr unmittelbar bevor. Es war ein Herzass, und ihr ganzes Leben würde sich dadurch von Grund auf ändern.

Sie würde sich verloben. Ganz fest.

Gegen neun Uhr Abend, als es schon dunkel geworden war, klapperte Maria auf ihren Pantoletten das Ufer des Gave de Pau entlang; rundum eingewickelt in das Cape aus dunkelblauem Tuch, lief sie in Richtung St. Bernadette, wo sie schon vor einer Stunde ihren Dienst hätte antreten sollen.

Niemand war auf der Straße, und daraus schloss Maria, dass alle schon an einem Ort versammelt waren, wo auch sie hätte sein sollen, aber wie gewöhnlich wegen Untauglichkeit oder Verspätung ausgeschlossen war.

Als sie über die Esplanade ging, sah sie in der Ferne die Rollstühle, welche die feierliche Lichterprozession anführten.

Alle: die echten Kranken, die eingebildeten Kranken, die Schwesternhelferinnen, die Krankenträger, die Pilger und die Pfadfinder, hielten eine brennende Kerze in der Hand, die von einem Kegel aus weißem, blau umrandetem, mit dem Monogramm NDL versehenem Papier abgeschirmt war.

Mehrmals mit systematischer, wiederholter Dämlichkeit

über den Saum ihres eigenen Capes stolpernd, bog Maria Angulema trotzdem zum St. Bernadette ab, wo sie vielleicht auch für sich eine Kerze auftreiben würde.

Die Station war leer; von Kerzen keine Spur. Dafür konnte sich Maria eine ausreichende Menge Watte zur Eindämmung der voreiligen Menstruation beschaffen.

In der unterirdischen Tiefgarage des Krankenhauses waren in den Rikschas nur wenige, dafür monumentale Patienten sitzengeblieben. Sie schauten Maria vorwurfsvoll an. Alle hatten ihre brennende Kerze. Maria näherte sich zögernd der dem Ausgang am nächsten befindlichen Rikscha, in der unter vielfachen Schichten gehäkelter Decken eine unwirsche Matrone aus der Region Abruzzen saß.

Nicht ohne Mühe brachte sie die Karre in Gang. Die vom Warten zermürbte Matrone herrschte sie an, sich zu beeilen: Sie müssten nämlich die Signora Marcantonio einholen, die schon vor einer Viertelstunde losgefahren sei.

Sie bewegten sich also zügig den Gave de Pau entlang, in Richtung des *Croix des Bretons* und der gewölbten Holzbrücke, auf die rechte Monumentalrampe und die Esplanade zu, um die Prozession in Höhe der Statue der Gekrönten Jungfrau zu erwischen, da sie auf diese Weise einen halben Kilometer Weg einsparten.

Andere bedrohliche Karren, die wichtigtuerische und von Eile getriebene Schwesternhelferinnen steuerten, schnitten ihr wiederholt den Weg ab und behinderten ihre Weiterfahrt, so dass sie stehenbleiben musste, um sich dann mit wachsender Mühe wieder in Bewegung zu setzen. Die Rollstühle stauten sich in der vollständigsten Unordnung beim *Croix des Bretons*, unter allgemeinem Protest, weil es schon spät war und die Messe der feierlichen Lichterprozession gleich beginnen würde. Überall brannten Kerzen im Schutz des weißen, blau umrandeten Papierkegels mit dem Monogramm NDL.

Sie warteten am Zugang zur Holzbrücke, bis einer der Sheriffs das Startzeichen gab und sich die Rollstühle, klemmend und gegeneinanderstoßend, langsam in Reih und Glied aufzustellen begannen, auch wenn immer irgendwer den anderen den Weg abschnitt. Die Menge teilte sich, als ein Kranker auf einer Bahre vorbeigetragen wurde. Der hatte keine Kerze.

Die Rikschas mussten vorschriftsgemäß den leichter beweglichen Rollstühlen die Vorfahrt lassen und sich einem gewissen Vorrecht zufolge, aus dem Maria ausgeschlossen blieb, die Rundbögen der rechten Monumentalrampe entlang aufreihen. Während sie anhielt, um mitten in dem krakeelenden Gedränge Atem zu holen, sah sie, wie sich TeHa-Samantha und die grässliche Liona durch diese Anhäufung aus Körpern und Eisengestellen einen Weg bahnten und direkt auf sie zukamen. Jede von ihnen hatte ihre brennende Kerze in der Hand. Samantha, die ihr Gesicht der brennenden, von der weißen Papierkrause abgeschirmten Kerze näherte und die Augen rollte, sagte mit zitternder und von beginnendem Weinen brechender Stimme: »Professorè«, und die letzte Silbe stieg steil hinauf in ihre Nasenlöcher, bis sie von den plissierten Lamellen der Nasenmuscheln aufgesogen wurde, in denen sie vibrierte, »Du hast recht gehabt. Weißt du, wen wir gesehn haben? … den Renato Zero haben wir gesehn, und ich hab eine Gänsehaut gekriegt … Professorè, gehn wir, es pressiert.«

An die Mauer gepresst sah Maria die zwei Schreckschrauben an, die ihre Kerzen schwangen und sie böswillig musterten. TeHa-Samantha zwickte sie in den Arm und sagte dann, sie wegzerrend: »Gehn wir, es pressiert.«

Maria wehrte sich schwach, indem sie kaum merklich den Kopf schüttelte, aber die beiden blieben dreist bei ihrer Behauptung, dass es pressiere.

Da griff Maria zu einem Trick und behauptete mit ernster Miene, die nächtliche Lichterprozession sei dem Andenken »des armen Dodi und der armen Daiana« gewidmet. »Stinklangweilig, Professorè«, quengelte TeHa-Samantha mit näselnder Stimme. »Und außerdem, der arme Dodi war ja echt hässlich … die Daiana nicht.« Dann fing sie an zu weinen, weil sie wieder an Renato Zero dachte, der an dem Konzert teilnehmen würde, das für den nächsten Abend auf dem Programm stand, und erklärte, sie habe eine Gänsehaut gekriegt.

Liona, die der arme Dodi, die arme Daiana und Renato Zero überhaupt nicht interessierten, machte Anstalten, die Rikscha zu ziehen, die sie an das »Ochsenfuhrwerk« aus ihrer Jugend erinnerte.

Maria verteidigte die Kranke wacker. TeHa-Samantha, die das grüne Verdeck gepackt hatte, zerrte nach rechts, Liona manövrierte die Steuerstange nach links. Die Karre schwankte bedenklich und wäre beinahe umgekippt. Die Kranke war vor Schreck verstummt.

Irgendwie fuhren sie doch wieder los, wobei sie die Rikscha zu dritt zogen, und so legten sie die ganze Strecke zurück, einem Ritual folgend, das durch nichtige Aufenthalte mit darauffolgenden plötzlichen Aufbrüchen ziemlich kompliziert wurde, bis Tausende von Rollstühlen die Esplanade füllten, so aufgereiht, dass sie zusammen ein in der Nacht flammendes, griechisches Kreuz bildeten.

Froh erklangen die Gesänge. Beim »Laudate Mariam« erhoben alle in mystischer Glut ihre Kerzen. Nur Maria, die ja keine Kerze hatte, ließ beschämt die Arme hängen.

Als die Zeremonie zu Ende war, kehrten sie, die Rikscha schiebend, ins St. Bernadette zurück, und in der Parkgarage bedeckte Maria die törichte TeHa-Samantha, die zur Feier des Tages ein nabelfreies Bolero aus Synthetik trug und mit den Zähnen klapperte, mit einer der Häkeldecken *ad usum infirmorum*, während Liona sie aus nächster Nähe mit einer Salve von »Frau, gehn wir weg«, »Gehn wir, Frau« bombardierte. Vor Kälte schaudernd, schritt die Trimurti, bestehend aus Maria Angulema, aus TeHa-Samantha, die in ihre Lochmusterdecke gewickelt wie ein altrömischer Gladiator aussah, und aus der niederträchtigen Liona, der Vertilgerin von gegrillten Innereien, in die feuchte Nacht hinaus.

Sie folgten dem Ufer des Gave de Pau in Richtung St. Genoveva. Der Marsch war lang und mühevoll, andauernd unterbrochen von TeHa-Samantha, die bei jedem Schritt in den Zipfeln der Decke hängen blieb und quengelte; bis Liona, aufgebracht über soviel Dämlichkeit, die Hippe aus den Falten ihres weiten Rocks holte und sie aufforderte, schneller zu machen. Das Mädchen, gepeinigt beim Anblick des Werkzeugs, stöhnte noch mehr, wobei es erklärte, es werde sich bestimmt den Fuß brechen.

So erreichten sie den *Pont Vieux*, wo die junge Samantha von den Lichtern eines entzückenden, in einem Holzhaus untergebrachten Cafés, dessen mit Geranien geschmückte Balkone kühn in die Leere über dem Gave de Pau hinausragten, wie von einer homerischen Sirene angezogen wurde: Man musste ihr einfach den Gefallen tun.

Übereinander stolpernd betraten die drei Frauen das Lokal. Grabesstille legte sich um sie wie ein Spinngewebe, und mindestens zweihundert Augen gleichzeitig starrten sie an.

Maria wurde klar, dass sie ein einmalig abschreckendes Terzett bilden mussten: eine völlig erschöpfte Schwesternhelferin mit verrutschtem Schleier und einer Zigarette zwischen den Lippen, ein großes, sichtlich zurückgebliebenes Mädchen, das eine Häkeldecke umdrapiert hatte und auf entenschnabelfarbenen Schuhen mit vielfacher Plateausohle dahergetorkelt kam, und eine alte Bäuerin mit einem ärmlichen Schultertuch, einem tief in die Stirn gezogenen Räuberhut und einer Hippe am Gürtel.

Unter den belustigten Blicken der Anwesenden gingen sie quer durch das Lokal. Maria fühlte sich wie die Herzogin von Noailles auf dem Karren zum Schafott. Sie sah eine Treppe und schob ihre zwei Gefährtinnen hinauf ins obere Stockwerk, das sie sich weniger überfüllt wünschte. Die Kellner grinsten, als sie vorbeigingen.

Im oberen Stockwerk waren noch mehr Leute als im Erdgeschoss. Maria wurde glühend rot. Um sie herum trinkende und lachende Leute. Rauchschwaden. Überall auf den Tischen Teller mit übriggebliebenen Pommes frites. Tellergeklapper. Ein Kellner, ein Araber, ging in zügigem Rhythmus von einem Tisch zum anderen. Auch er grinste, als er sie sah. Samanthas Augen glänzten vor Freude. Sie nahmen alle drei auf einer Sitzgelegenheit für zwei Platz, die sich an der spitzen Ecke eines Tischchens befand.

Als der Kellner, der kaum sein Lachen unterdrücken konnte und seinen Mund verzog, sich den neuen Gästen zuwandte, merkte Maria, die hätte sprechen sollen, dass ihr Mund völlig ausgetrocknet war und sie kein Wort herausbrachte. Sie blieb stumm und schaute den Kellner verzagt an.

Also gab TeHa-Samantha mit dem Französisch, das sie in der Schule gelernt hatte, die Bestellung auf. Nachdem sie lange die Speisekarte studiert hatte, verlangte sie: drei *éclair au chocolat*, zwei Toast mit Schinken und Käse, einen *croque-monsieur*, einen Pfefferminzsirup mit Eisstückchen und zwei Pepsi Cola.

Maria bestellte für sich einen Kaffee, nicht ahnend, dass er, wie sie erst nach erfolgtem Nippen feststellen konnte, aus dem Spülwasser des Lokals hergestellt wurde. Liona nahm gar nichts: »Ich will nämlich nichts ausgeben.«

Die Speisen häuften sich auf der Tischecke. Die Teller waren übereinander gestapelt. Beim Anblick des *croque-monsieur* lief Maria das Wasser im Mund zusammen. Lionas Gesicht erhellte sich beim Anblick des *éclair au chocolat*: Sie hatte darin ein Gebäck erkannt, das man auch in Canino machte. Sie fühlte sich zu Hause. »Kleine, lass mich eins probieren«, sagte sie, und bevor TeHa-Samantha der Inhalt der Bitte bewusst werden konnte, hatte sie sich schon ein *éclair* in den Mund gesteckt. Sie stopften sich voll. TeHa-Samantha aß wie ein Roboter, ohne zu kauen, ohne jegliche Vorstellung, was sie sich in den Mund schob, und stierte ins Leere. Maria Angulema fixierte den *croque-monsieur* und wusste nicht, ob sie um ein Stückchen bitten sollte.

Sie behielt ihren Wunsch für sich. Nachdem Samantha und Liona die Speisen verputzt und mit einem Gemisch aus eisgekühltem Pfefferminzsirup und Pepsi Cola, einem widerlichen, süßen Gebräu, begossen hatten, starrten die drei einander an wie weggetreten.

Maria nahm Kneipenhaltung an: Die Augen niederschlagend, begann sie eine Zigarette zu rauchen. Die zwei anderen fingen sogleich an zu husten und ihr Missfallen zu bekunden; aber sie nahm unerschrocken den Schleier ab und schlug die Beine übereinander.

Endlich fühlte sie sich ein wenig besser. Sie rauchte. TeHa-Samantha steckte den Zeigefinger der rechten Hand in ein Nasenloch und ließ ihn lustlos in der Nasenhöhle kreisen.

»Professorè, mit Verlaub, ich muss mich übergeben.«

Und sie ließ jetzt den Zeigefinger im anderen Nasenloch kreisen, wobei sie Maria mit weit aufgerissenen Augen anstarrte. Liona stocherte indessen, von allem unberührt, mit einem Messer zwischen ihren Zähnen herum.

»Professorè, mir ist schlecht.«

Wie eine Betrunkene schwankend, die mit all ihren Kräften gerade zu stehen versucht, erhob sich TeHa-Samantha und rülpste.

»Professorè, tanzen wir den Langsamen. Du tust, wie wenn du Raz Degan bist.« Maria musste sie umschlungen halten, damit sie nicht umfiel. Samantha fing an zu weinen.

Unter der Krempe ihres Räuberhuts blickte Liona sie aus ihren gelben, sich herausschraubenden, bösen Augen unverwandt an.

Maria und Samantha tanzten den Langsamen, wobei sie immer wieder über die Zipfel der Decke stolperten, bis diese auf den Fußboden fiel und als weiche, aus dem Leim gegangene Masse auf der Erde liegen blieb wie ein unterwürfiges Tier.

»Professorè, wann spielst du das Ass aus?« zischelte Samantha ihr unvermittelt ins Ohr.

Marias Laune verfinsterte sich schlagartig, und sie verlangte in gebieterischem Ton die Rechnung von dem jungen arabischen Kellner, der sie ihr grinsend brachte.

Als Maria sich bückte, um die Decke aufzuheben, erbrach TeHa-Samantha mit einem Schwall den gesamten Inhalt ihres Magens darauf.

Während Maria die Decke zusammenknüllte, erkannte sie zu ihrem Bedauern in der Brühe einige unzerkaute Brocken des *croque-monsieur*. Sie nahm das Bündel unter den Arm, dann verließen sie alle drei das Lokal, begleitet vom Gejammer TeHa-Samanthas: »Professorè, ich sterbe, ich sterbe jetzt gleich.«

Sie gingen über den *Pont Vieux*. Maria beugte sich über das Geländer und schleuderte, ohne zu zögern, den Packen der vollgekotzten Decke in die Wasser des Gave de Pau. Sie sah ihn auf dem Wasser liegen, bevor ihn die Fluten verschlangen wie einen Ertrunkenen.

Sie erreichten das St. Genoveva wie lahm geschlagene Tiere. Liona zog ein Bein nach und blieb vor jedem Hotel stehen, bei dem Versuch, das ihre wiederzufinden, an dessen Namen sie sich nicht mehr erinnerte. Maria fragte sie vergeblich aus, worauf so unwahrscheinliche Antworten kamen wie: Zum Jesuskind oder Zum heiligen Procolo oder Zum heiligen Joseph, dem Zimmermann.

Da sah sie sich schweren Herzens gezwungen, Liona heimlich ins Foyer des St. Genoveva mitzunehmen, wo sie erfolglos versuchte, sie auf einem der mit ausgebleichtem und zerschlissenem rotem Samt bezogenen Sofas niederzulegen. Liona dachte nicht daran, auf einem Sofa zu schlafen, und folgte ihnen auf das Zimmer.

Dort musste ihnen Maria helfen, die zwei Betten mit der fleischfarbenen Tagesdecke zusammenzuschieben. Auf diesem Brautbett waren die drei nebeneinander aufgereiht wie Leichen. TeHa-Samantha zog nicht einmal ihre Schuhe aus. Liona schlief mit dem Hut auf dem Kopf. Die Hippe wurde auf den Schemel gelegt. Das Licht ausgemacht.

Es war noch dunkel, als es Maria gelang, ein Auge zu öffnen, während das andere, von dem klebrigen und entzündeten Lid zusammengekleistert, beharrlich geschlossen blieb.

Sie lag reglos da, das eine Auge weit offen in die Finsternis gerichtet, noch betäubt von dem unruhigen, immer wieder von jähem Erwachen unterbrochenen Schlaf, in dem sie abstruse prophetische Bilder heimgesucht hatten: der Professor, ein nie gesehener, unbekannter Professor, der ihr eine wunderbare Zwei gab, eine schweißverfilzte Männersocke, Barbies Verlobter Ken mit den Zügen von Gómez y Morena, ein monumentales Knie, das sie zu erdrücken versuchte, und die Ankunft des Monsuns in Kalkutta bei hundert Prozent Luftfeuchtigkeit.

Als es ihr gelang, auch das andere Auge aufzukriegen, das jedoch noch klebte und brannte, wandte Maria, ohne ihre Lage, die Arme eng am Körper ausgestreckt und die Beine zusammengepresst wie von einer Zange, zu wechseln, ihren

Blick nach rechts, wo sich in der allmählich schwindenden Finsternis verschwommen die Umrisse eines Bündels abzeichneten, aus dem ein einziger maisgelber Kopf und vier Beine herausragten.

Sie schloss die Augen, um die Anstrengung zu vergessen, mit der sie eines geöffnet hatte, angewidert von der intimen Nähe zu TeHa-Samantha und der grässlichen Liona.

Sie schlummerte wieder ein und wurde erneut von schauerlichen Traumbildern heimgesucht, die wiederkehrten, aber diesmal wie verflüchtigt, zu drei Viertel in einem Zusammenhang, in dem unveränderlich als *primus inter pares* eine stinkende, vom Schweiß steif gewordene Socke auftrat.

Dann war sie auf einmal hellwach und voller Angst.

Sich über das Bett ziehend, beugte sie sich zum Teppichboden hinunter und tastete nach den weißen, gelochten Plastikpantoletten. Als sie sie erwischt hatte, erreichte sie auf Zehenspitzen das Bad: dritte Position im klassischen Ballett.

Das Klopapier war aus. Also schritt sie zu einem flüchtigen Triplett: einer oberflächlichen Waschung, die Gesicht, Achselhöhlen und Genitale einschloss; sie stopfte einen Riesenwattebausch in ihre Unterhose und gelangte mit aller Vorsicht, fast ohne zu atmen, zur Zimmertür und hinaus.

Während sie die Treppen hinunterging, wobei sie versuchte, sich die Gewänder zurechtzurücken, drang verworren und unerwartet ein Geschrei an ihr Ohr. Als sie auf dem letzten Treppenabsatz war, wurden die Stimmen erkennbar: rau, schwerfällig und brutal.

Auf den niedrigen, mit ausgebleichtem und zerschlissenem Samt bezogenen Sofas im Foyer spielte zu dieser beschaulichen und stillen Stunde eine Pilgergruppe Karten.

»*Sorca*, her damit!«, und die Karte wurde mit einem geräuschvollen Schlag auf den Tisch geknallt.

»Her mit dir, hübsche kleine *Sorca*!«, und dazu noch ein Schlag auf den Tisch.

Maria sah von oben die über den zu niedrigen Tisch gebeugten Rücken, die bis zum Platzen gespannten Nähte der zerknitterten Sakkos, die glänzenden Schädel.

Einer fluchte. Es war gerade sechs Uhr. Maria huschte ins Restaurant, ohne von den Kartenspielern bemerkt zu werden, die weiter die *Sorca*, die hübsche kleine *Sorca*, die ersehnte Schwertzwei anriefen.

Ein dünnes Männchen, das neunmalklug aussah und in dem Maria einen gewissen Babbafave, einen Viehhändler, zu erkennen glaubte, wetterte Schleimkrümel verspuckend und trank in kräftigen Zügen das Wunder wirkende Wasser der Grotte von Massabielle aus einem Fläschchen: weißes, durchsichtiges Plastik, geformt nach dem Bild und Gleichnis Unserer Lieben Frau von Lourdes, die hier eine schwere Krone mit Fialen und gräflichen Wappenkugeln trägt, deren blaue Farbe einem, sowie man sie anfasst, an den Fingerspitzen kleben bleibt.

Maria betrat den Speisesaal. Er war menschenleer. Das neonerleuchtete Lokal mit den langen, für das Frühstück gedeckten Tischen, den zähen, halben Baguettes und den altbackenen Croissants an jedem Platz erschien ihr noch trostloser als am Tag zuvor. Als sie erfolglos versuchte, den widerspenstigen Automaten mit dem Milchkaffee zum Leben zu erwecken, trat das neunmalklug aussehende, dünne Männchen, eine Diana rauchend, zu ihr, vielleicht angezogen von der stockenden Maschinerie, die Dampf schnaubte und kochendheißes Wasser verspritzte. Überhaupt nicht eingeschüchtert von der Schwesterntracht, stellte er sich Maria so vor: »Grüß dich von mir, der ich bin!«

Maria lächelte dieser nicht verlangten Visitenkarte zu, die zugleich anmaßend und extravagant war. Babbafave musterte sie mit professionellem Blick von Kopf bis Fuß; sein Blick schätzte ihr Gewicht ab, langsam und gründlich. Dann rülpste er. Maria hatte ihm nicht gefallen: Man las aus seinem Gesichtsausdruck, dass er sie zu dünn fand.

»Fräulein, lassen Sie mich machen«, schlug er trotzdem vor. Und er machte es. Man brauchte nur entschlossen auf einen roten Knopf zu drücken. Der Milchkaffee stürzte gurgelnd in die Tassen. Viel spritzte auf den Boden. Sie tranken in kleinen, zischenden Schlucken. Währenddessen standen sie einander gegenüber, und Babbafave bemerkte das Abzeichen des roten Kreuzes, das an den linken Ärmel von Marias weißem Kittel genäht war.

»Dann sind Sie Ärztin?« fragte er, wobei er seinen sehnigen Hals streckte. Maria nickte, während sie fortfuhr, ihren Milchkaffee zu schlürfen. Es war klar zu erkennen, dass Babbafave das aufgestickte Abzeichen aus roter Baumwolle faszinierte. So erhielt Maria, die ihm einen Augenblick zuvor keinerlei Interesse zu verdienen schien, automatisch jenes Ansehen, das von der Ausübung des Arztberufes herkam. Sie war Ärztin, stellte Rezepte aus. Sie schrieb die Namen der Medikamente mit unentzifferbaren Buchstaben auf.

Maria beschloss, so bald wie möglich zu gehen: Sie musste zur Grotte von Massabielle. Aber Babbafave wollte sie aufhalten, sie den anderen vorstellen, die noch nichts von der Anwesenheit der Ärztin wussten. Die Geschichte wurde komplizierter.

Babbafave an den Fersen, näherte sich Maria dem Ausgang. Der Mann nötigte sie, bei den *Sorca*-Spielern stehen zu bleiben. Das Spiel war von entwaffnender Dummheit: Wer die *Sorca*, die Schwertzwei, bekam, gewann den Einsatz von hundert Lire. Es folgte eine zweite Runde, die auf dieselbe Weise gespielt wurde.

Babbafave stellte sie als Ärztin des Krankenwagens vor. Einer der Spieler sagte, kaum das Gesicht vom Tisch erhebend, dass ihm ein Bein wehtue, ob sie ihn mal untersuchen könne, und drückte beim Reden mit dem Zeigefinger auf sein Schienbein. Maria ging hinaus, ohne ihm zu antworten.

Sie ging in Richtung der Grotte von Massabielle, wo immerwährend Kerzen brennen, und nie so sehr wie an diesem Morgen mit dem noch düsteren und von Nebelfetzen verschleierten Himmel spürte sie die Bürde ihrer Einsamkeit und Niedergeschlagenheit; auch wenn sie in Wirklichkeit wenig empfand und noch weniger wahrnahm, weil ihre

Sinne vom Nichts umnebelt waren und ihr Kopf, die Quelle jeder Weisheit, mit etwas Schwerem, Dumpfem ausgestopft war. Dagegen war kein Kraut gewachsen. Und auf ihrem Marsch zur Grotte kreisten ihre Gedanken obsessiv um den Satz, den sie eben gehört hatte: »Grüß dich von mir, der ich bin.« Ja, einmal in der Grotte angekommen, würde sie sich so an Unsere Liebe Frau wenden: »Grüß dich von mir, die ich bin.«

Sie betrat den heiligen Bezirk vom *Chemin de la Forêt* aus, wobei sie gegen einen Stein stieß und sich beinahe den Hals gebrochen hätte. Eine der Pantoletten verunglückte dabei: Die Sohle aus weißem Kunstleder löste sich zur Hälfte. Maria machte sich hinkend wieder auf den Weg. Sie musste das eine Bein nachziehen, die Pantolette am Boden entlangschleifend. So begann sie die diagonale Überquerung der Esplanade, wo trotz der frühen Stunde schon Pilgergruppen mit riesengroßen, hohen, schweren Kerzen umherschwärmten, unter ihnen eine Prozession schlecht gekleideter Iren mit Pantoffeln, die weinend einem wie wahnsinnig betenden Priester mit hochroten Wangen folgten. Maria, die sich vollkommen auf das Nachziehen der Pantolette konzentrierte, stieß frontal mit zwei Frauen zusammen, die ebenfalls mit einer Kerze ausgerüstet waren. Eine schüchterne, aufgeregte Stimme fragte sie, wo die Grotte sei. Maria schlug ihnen vor, zusammen hinzugehen.

Gigliola und ihre Mutter kamen aus Terni, Strada Maratta bassa. Die Mutter trug die Kerze. Die Tochter war dick und unförmig: Ihre Hinterbacken, groß wie Kürbisse, hoben und senkten sich rhythmisch bei jedem Schritt, wackelnd wie gallertartige Fleischberge. Sie waren gekommen, um die Jungfrau Maria anzuflehen, sie möge Gigliola die Gnade des Abmagerns gewähren. Das Mädchen hatte alle möglichen Kuren gemacht: die Punkte-Diät, Beverly Hills, Weight Watchers, Trennkost und Gemüsesuppe. Letztere, in der Illustrierten *Gente* gefunden, hatte das definitive Scheitern besiegelt.

Sie gingen durch den Bogen der rechten Monumentalrampe. Die tränenüberströmten irischen Pilger mit ihrem verdrehten Gesichtsausdruck hatten den Durchgang besetzt. Sie beteten mit himmelwärts gerichteten Augen, während der verzückte, ein Holzkreuz tragende Priester sie anspornte. Sich einen Weg zwischen ihnen zu bahnen, war kein leichtes Unterfangen.

Sie setzten ihren Weg in Richtung der Brunnen fort, wo sich die Leute mit Kanistern und Fläschchen zusammendrängten. Für Maria wurde das Gehen immer beschwerlicher, da sie bei jeder Bewegung von der lädierten Pantolette behindert wurde, der sie beistehen musste, indem sie den Fuß schief stellte und Druck auf die große Zehe ausübte.

Bei den Brunnen blieben sie stehen, um zu trinken. Gigliola füllte für sich ein Devotionalienfläschchen aus weißem Plastik, das die Form Unserer Lieben Frau hatte. Sie gingen weiter und standen nach wenigen Schritten vor den Sperren, die den Verkehr zur Grotte regelten. Maria stolperte wieder und die weiße Plastikpantolette flog einige erbärmliche Meter weit von ihr weg. Da zog sie mit drohender Miene auch die andere aus: Sie sollte strumpfsockig zur Grotte gehen? Na gut, strumpfsockig würde sie gehen. Und so, die beiden Pantoletten, die heile und die kaputte, in der Hand, tauchte Maria Angulema in die schweigende Menge ein, die keuchend und hustend in einem Wald monumentaler, weißer Kerzen in Massabielle zusammenströmte.

Sofort quetschte ihr jemand die Stummelchen, ihre kleinen Zehen, dann trat sie selbst auf eine scharfe Spitze, vielleicht ein Steinchen, danach wurde ihr Fleisch von gewissen Matronen aus dem oberen Latium gemartert, die gnadenlos ihre beiden, nur von den dünnen Strümpfen bedeckten Flossen zertrampelten. Ungeachtet dieser Qualen, die sicher das Vorspiel zu etwas Außerordentlichem waren, drang Maria mitten in der Menge vorwärts und machte einen Meter vor dem einzig wahren Zugang zu Massabielle halt. Sie kam nicht weiter, weder vorwärts noch rückwärts, denn sie war eine Gefangene der irischen Pilgerhorde, die, hinter ihr angekommen, die heilige Grotte belagert und erobert hatte. Man schloss eiligst die Sperren, und der irische Priester begann umgehend eine Privatmesse zu lesen. Maria sah ein, dass sie ebensogut fortgehen konnte und dass es ihr auch an diesem Tag nicht gelingen würde, sich von ihrer Bürde zu befreien.

Sie schlüpfte in die heile Pantolette, dann versuchte sie dasselbe mit der ramponierten, aber die war unbrauchbar geworden. Sie machte sich also mit einem einzigen Schuh wieder auf den Weg zum St. Genoveva, und so überquerte sie mit glühenden, aufgeschürften und zerquetschten Flossen den Platz der Esplanade in Gegenrichtung, wobei sie mindestens zehnmal stehen blieb, um sich zu erholen, aber sowie sie stehen blieb, begannen ihre Füße zu brennen und sie musste wieder weiter.

Sie gelangte, wie auch immer, aus dem heiligen Bezirk hinaus, und kaum war sie draußen, postierte sie sich gegenüber einem Laden mit Marien-Souvenirs und wartete auf irgendeinen Omnibus, der sie zum Hotel zurückbringen würde.

Sie wartete eine gute halbe Stunde, ohne dass etwas geschah; auf einmal sah sie mit Entsetzen die verzückte Horde der Iren auf sich zukommen. Es war eine regelrechte Verfolgung. Die Iren kreisten sie ein und zerrten sie mit sich in einen Bus, der am Bürgersteig genau in dem Augenblick hielt, in dem sie ankamen. Vielleicht hatten sie ihn bestellt.

Maria spürte, dass sie diese Iren hasste. Sie hatten sie daran gehindert, in die Grotte einzutreten, und jetzt rückten sie ihr alle auf den Leib mit ihrem Atem, der weißlichen Haut, den roten Haarschöpfen und den rechenartigen Zähnen.

Ohne Schuhe betrat sie das St. Genoveva: wie eine Diva, die im Morgengrauen nach einer bewegten Nacht in ihr Luxushotel zurückkehrt, die hochhackigen Sandalen in der Hand.

Sie stieg die vier Stockwerke hoch, in tiefer Niedergeschlagenheit über die verlorene Zeit und die Dringlichkeit, die sie nach Massabielle rief.

Strumpfsockig über den schmutzigen Teppichboden zu gehen, widerte sie an. Im Zimmer war niemand mehr; nur Lionas Hippe lag noch auf dem Schemel. Die Luft war schwer und feucht, auf den Betten ein zerwühlter Haufen Decken, ringsum Kleidungsstücke am Boden verstreut. Sie öffnete die Tür zum Bad: auf dem Fußboden ein grauer See. Die Dusche hing von der Wand herunter wie eine tote Schlange und pisste einen dünnen Wasserfaden. Sie suchte ihre Turnschuhe. Sie schaute unter die Betten und sah: Sie waren an einer praktisch unerreichbaren Stelle gelandet. Da verwendete sie die Hippe, um sie zu sich heranzuziehen.

Beim Hineinschlüpfen war ihr bewusst, dass ihre schmutzigen Füße nun in nach Rattengift stinkenden Schuhen steckten. Sie war bereit, wieder zur Grotte zurückzukehren.

Aufs Neue legte sie die Strecke vom St. Genoveva zur Esplanade zurück, wo sie im Gedränge eine zweite Gruppe Iren erblickte, auch diese stöhnend, heruntergekommen, mit verdrehten Augen in den weißen Augäpfeln, einem Priester folgend, der nicht weniger verzückt war als der erste. Sie war umsichtig genug, ihnen aus dem Weg zu gehen. Hunderte von Pilgern strömten unter den Bögen der rechten Monumentalrampe zusammen, in Richtung der Brunnen, den Kisten mit den Kerzen gegenüber.

Maria kam nur unter Mühen voran, entnervt vom Gewühl, aufgerieben von der Hitze, besorgt über die extreme, unverzeihliche Verspätung, mit der sie zu ihrem Termin erschien. Nachdem sie die Sperren hinter sich hatte, welche die Horde der Pilger und der Kranken einfassten, bahnte sie sich einen Weg zwischen den zusammengedrängten Leuten hindurch, indem sie bei sich jenes »Grüß dich von mir, die ich bin« wiederholte, mit dem sie sich Unserer Lieben Frau vorstellen wollte, bis die Räder eines Rollstuhls ihr gewaltig gegen die Knöchel stießen. Ein lautes Stöhnen erhob sich, gefolgt von einem Gemurmel »du lieber Gott, du lieber Gott«. Maria wandte sich um, zu einem Streit gewappnet.

In dem Rollstuhl, der sie angefahren hatte, saß zusammengekauert und reumütigen Blicks Mirella Cannuccia, die kleine Hinkende aus Massa Martana mit dem orthopädischen Stiefel. Die Rollstuhllenkerin war eine fette, kleine, grimmig dreinblickende Frau. Um die Augen hatte sie Reste von verwischtem Eyeliner. Das glatte, auf einer Seite gescheitelte Haar war von einem so schwarzen Schwarz, dass es unschwer als Ergebnis einer kürzlich durchgeführten Färbung zu erkennen war. An der linken Hand hatte sie nur vier Finger: Man sah den Knöchel des Zeige- und den des Mittelfingers, aber anstelle des Ring- und des kleinen Fingers kam nur ein einziger Finger hervor, der etwas dicker war als die übrigen. Über der Schulter trug sie eine Kühltasche mit Strandmotiven auf blauem Grund: Seepferdchen, Seesterne und Sonnen. Die grimmige Miene der Frau entspannte sich zu einem reumütigen Lächeln, und Maria verzichtete auf jegliche Beschwerde. Als die Cannuccia sie erblickte, strahlte sie über das ganze Gesicht und sagte zu ihrer Begleiterin, sie kenne Maria, weil sie die Bahnreise zusammen gemacht hätten. Und sie bat letztere, sie ins St. Bernadette zurückzubegleiten, weil das Mittagessen der Kranken wegen der Eucharistischen Prozession, die am Nachmittag stattfinden sollte, vorverlegt worden sei.

Maria verließ die Grotte mit dem Gedanken, dass sie etwas daran hinderte, in den glühenden Schoß von Massabielle einzutreten. Sie empfand nicht einmal Wut; irgendwie hatte sie sich damit abgefunden.

Als sie im Krankenhaus angekommen waren, wies man sie an, die Kranken sofort ins Refektorium zu bringen.

Maria, die an diesem Vormittag keinen Dienst hatte, beschloss, nicht zu gehorchen, und sperrte sich zum Rauchen in ein Klo ein. Als der Mittag schon vorüber war, ging sie schleppfüßig zurück ins St. Genoveva.

Im Hotelrestaurant wurde zum zweiten Mal das grünliche Gebräu mit dem Namen »Prächtiger Rosenkohl an Béchamelsoße« serviert, das Maria mit einer finsteren Vorahnung von Übelkeit hinunterwürgte.

Unter den Pfeilen der sengenden Sonne, in der stillstehenden, glühenden Luft des frühen Nachmittags, machten sich Rollstühle, Rikschas und in der Ferne einige gespenstische Bahren auf den Weg. Die Kranken auf den Bahren waren eine Kategorie für sich. Als unsichtbare, entfleischte Kreaturen, bandagiert wie Mumien, lagen sie auf richtigen Bahren, da sie aufgrund ihrer Krankheit nicht einmal den Oberkörper aufrichten konnten. Die Kranken auf den Bahren erregten durch ihr Todesgeheimnis bei Maria Angulema eine mit Schrecken gemischte Neugier.

Nach dem gewohnten Ritual der unterschiedlichen Vorfahrtrechte, dessen Kompliziertheit ans bürokratische Delirium grenzte, wurden Rollstühle und Rikschas in Fünferreihen auf der gewölbten Brücke in der Nähe des *Croix des Bretons* aufgestellt, wo sie eine unendliche Zeit lang, sich über alle Maßen dehnend wie der metaphysische Gummi eines hinduistischen Manvantara, auf das Startzeichen warteten, das nie kam.

Allen sank der Mut. Die Kranken, die in ihre Karren gezwängt waren, rangen in der Hitze nach Luft. Maria Angulema, die mit ihrer Kranken ebenso im Gedränge gefangen war, bekam noch auf der Brücke den ersten Schwindelanfall, aber sie achtete nicht darauf.

Mehr Glück hatten die, welche den Schatten genossen, der gütig von den Monumentalrampen des Zutritts zum Heiligtum auf sie fiel. In der prallen Sonne stehend, spürte Maria, wie der verfluchte Rosenkohl vom Mittagessen im St. Genoveva in ihrer Gurgel hinauf und hinunter rückte. Der säuerliche Geschmack des Rosenkohls und eine Art öliges Gemisch fuhren fort, wellenartig aus ihrer Bauchhöhle hochzusteigen, bis Maria alles im Mund hatte und es ihr vom Magensaft durchsäuert, unverdaulich und übelkeiterregend alles zusammenzog.

Sie dachte, das sei gewiss nicht die passende Verfassung, um die Kommunion zu empfangen, nach der sie so sehr verlangte; also nicht mehr dran denken, doch empfand sie, da sie erneut ausgeschlossen war, dieselbe Verlorenheit wie am Tag zuvor, als sie bei der Lichterprozession die Einzige ohne Kerze gewesen war.

Während sie darüber nachgrübelte, auf welche Weise sie die Kranke samt ihrem Rollstuhl in dem Stau im Stich lassen und sich verziehen konnte, um das unverdauliche Gemüse in einem der im heiligen Bezirk gelegenen Klos zu erbrechen, wobei ihr auch der Gedanke kam, dass sie dann vielleicht die Kommunion empfangen könnte, wurde sie von TeHa-Samantha und Liona, der Vertilgerin von gegrillten Innereien, eingeholt, die, lauthals ihre Unzufriedenheit äußernd, sich einen Weg durch die Menge bahnten.

»Professorè«, dazu wurde sie am Unterarm gezerrt und in die faltige Haut des Ellbogens gezwickt, »Professorè, warum hast du nicht auf uns gewartet?«

Maria Angulema vermochte nicht anders zu antworten als durch ein dumpfes Rülpsen mit dem Geschmack von Rosenkohl an Béchamelsoße.

»Professorè, was machen wir jetzt?«

«Professorè, ist Zero da?« Dazu wurde sie wieder gezwickt.

Liona, finsterer und wilder denn je, musterte Maria intensiv mit frechem und forschendem Gesichtsausdruck. Die Bestie war dabei, anzugreifen.

»Fräulein, stammen Sie vielleicht von Il Pornello?« fragte die Alte plötzlich mit schlauer Miene, wobei sich ihr Gesicht erhellte.

Als Maria diesen vertrauten Ortsnamen hörte, konnte sie ein Zusammenzucken und gleichzeitig eine zärtliche, mit Bedauern gemischte Gemütsbewegung nicht unterdrücken. Denn Il Pornello war die Markgrafschaft ihres Großvaters.

»Fräulein, wie schreiben Sie sich?« drängte die Alte weiter. »Schreiben Sie sich vielleicht Saleppico?« Dabei trat sie ihr absichtlich auf den Fuß. »Die Saleppico von Il Pornello«, proklamierte sie dann triumphierend.

Bei diesem Namen stieß Maria, die das unerwartete, aufdringliche Verhör beunruhigt hatte, einen verfrühten und illusorischen Seufzer der Erleichterung aus; denn die Bestie hatte zwar mit der Markgrafschaft, Il Pornello, ins Schwarze getroffen, aber jetzt war sie hängengeblieben bei einem niedrigen, primitiven Geschlecht. Saleppico war zehn Jahre lang der Verwalter ihres Großvaters gewesen.

»Professorè, was machen wir jetzt?« wiederholte indessen TeHa-Samantha ängstlich besorgt.

Angesichts von Marias beharrlichem Schweigen kam Liona der Verdacht, vom richtigen Weg abgekommen zu sein, und sie ging wieder zum Angriff über.

»Fräulein, wie schreiben Sie sich?« forschte sie hartnäckig.

Maria sagte nichts: Auch wenn sie sich hätte wehren wollen, hätte sie es nicht vermocht, denn der Rosenkohl an Béchamelsoße war nun ganz an die Oberfläche gekommen und bildete fettige, versengte, vegetale Fäden, die sich ineinander verklumpten, getränkt mit zitronesauren Magensäften, und ihr Mund war damit prall gefüllt.

Wie ein Wolf einem Lamm, das ihm untergekommen ist, lieber einen Fluchtversuch gewährt, um den Vorgeschmack noch mehr zu genießen, begann Liona sich zu amüsieren und ließ die Beute nicht los.

»Fräulein, wie schreiben Sie sich?« fragte sie beharrlich, Maria schubsend und ihr Fußtritte ans Schienbein verpassend.

Da ergab sich das Lamm und zeigte Liona, die es mit dem Laser ihrer gelben, sich herausschraubenden Äuglein durchbohrte, das Schildchen, das neben dem Trauerknopf aus schwarzem Stoff an seiner Brust festgemacht war und auf dem der ganze Name stand. Zuerst der Nachname und dann der Vorname.

»Fräulein, ich bin alt, und sehen tu ich nicht mehr gut«, sagte Liona, ihren hervorstehenden Bauch an Marias Hüfte drückend, die automatisch zurückwich; dann wandte sie sich an TeHa-Samantha und befahl ihr in hartem, gebieterischem Ton zu lesen.

Das Mädchen zögerte, begann dann mit zerknirschter Miene zu buchstabieren:

»An… An…ncurema, Maria! Professorè, Sie heißen ja wie die süße kleine Madonna!«

»'Ncurema … 'Ncurema« wiederholte Liona, wobei sie mit dem Zeigefinger auf ihre gelbe Kinnlade klopfte. »Dann war Ihre Mama die Tochter vom Marchese Del Pornello? Dann hat Ihre arme Mama einen Auswärtigen geheiratet?«

Mit diesen Worten rammte ihr Liona die gelben Augen in

den Leib und schlug sie ans Kreuz, denn jetzt war sie identifiziert als die Enkelin des Marchese Del Pornello.

»Ich hab mirs gleich gedacht! Die kenn ich, die kenn ich doch! Wir waren Bäuerinnen von Ihrem Großvater, der Schlag soll ihn treffen, da wo er jetzt ist!«

Und wie ein Fluss, der über die Ufer getreten ist, alles mitreißt, so erzählte die Bäuerin Liona Fetzen ihrer Lebensgeschichte, indem sie Marias Familienmitglieder großzügig beschimpfte und verdammte, denn nach ihrer Meinung waren alle tot und gestorben und recht geschah's ihnen.

Liona erzählte von einer entbehrungsreichen Kindheit und Jugend auf dem Besitz des erbarmungslosen, heimtückischen Marchese, den sie als einen Vampir darstellte, stets bereit, seinen Pächtern das Blut auszusaugen.

»Nichts zu nagen und nichts zu beißen. Den ganzen Tag auf dem Feld! Der Schlag soll ihn treffen, da wo er jetzt ist!«

Maria dachte an ihren Großvater, und wo er jetzt war, in der Friedhofskapelle von Il Pornello, wo jetzt auch ihr Vater, »der Auswärtige«, war. Das schnürte ihr den Hals zu und sie hätte weinen mögen, aber diese Genugtuung gönnte sie der Bestie Liona nicht.

TeHa-Samantha, die nichts von all den Reden verstand, zog sie hin und wieder am Ärmel, ihr monotones »Professorè, gehn wir, gehn wir!« stammelnd.

Es erzählte Liona, sich immer mehr ereifernd und immer vermessener, wie »ihr armer Papa«, der sich im Unterschied zu Marias Großvater, dem Marchese, jetzt in der Glorie

Gottes in einem barocken Jubel blonder Putten in schneeweißen Hemdchen befinden musste, damals in der Knechtschaft von schmerzhaften Ischias-Anfällen geplagt wurde. Liona wusste, dass er diese Anfälle von den Sorgen bekommen hatte, an denen »der Marchese, der Schlag soll ihn treffen, da wo er jetzt ist«, schuld gewesen war.

»Am Ischias ist er dann gestorben, mein armer Papa.«

Ohne innezuhalten und ohne Atem zu holen, nur manchmal mit dem plumpen Zeigefinger auf ihre gelbe Kinnlade klopfend, prozessierte Liona im Schnellverfahren die gesamte Familie des Marchese del Pornello und schloss mit einem exemplarischen Urteil, das die Nachkommen des Marchese auf immer zur ewigen Verdammnis verurteilte.

Daraufhin begann sie, von diesem Triumph noch nicht gesättigt, einer unwiederbringlich verlorenen Jugend nachtrauernd, gewisse Geschichten aus dem Leben der Bauern zu erzählen, die im Zeitraum zwischen 1950 und 1960 geschehen waren, als Maria noch gar nicht auf der Welt war, und bei den schüchternen, hilflosen Einwänden der letzteren wurde sie schließlich, von ihren eigenen Worten befeuert, fuchsteufelswild.

Sie verlangte, Maria solle zugeben, die Ereignisse miterlebt zu haben, die 1949 auf dem Gut *La Scorza* während des Dreschens vorgefallen waren, und die, die sich zur Zeit der Weinlese 1952 zugetragen hatten, und auch die denkwürdigen Schneefälle vom April 1957, bei denen alle Obstbäume eingegangen waren.

Sie beendete ihre Invektive, indem sie erklärte, wie glücklich sie sei, dass Maria und ihre Familie jetzt ruiniert seien, ihre Besitztümer verloren hätten, nun in einem elenden Loch hausten, und dass sie, »die kleine Scheißmarchesina«, eine Hungerleiderin geworden und gezwungen sei, als Krankenschwester in Lourdes zu arbeiten.

Zu Marias großer Erleichterung setzten sich in diesem Augenblick erneut die Rollstühle und Rikschas unter der gnadenlos senkrecht herunterbrennenden Sonne langsam in Bewegung, und erst dann verabschiedete sich Liona, indem sie ihr zum Zwecke endgültiger Beleidigung auf die Füße spuckte.

TeHa-Samantha, der die Bedeutung dieser Szene vollkommen entgangen war, folgte ihr quengelnd, die gewohnte, nicht näher bestimmte »Dringlichkeit« auf den Lippen; und beide, Samantha und Liona, die immer noch Il Pornello verwünschte und sich durch einen Gegenzauber schützte, gingen langsamen, schleppenden Schrittes in Richtung der Grotte.

Beschämt und vom Brechreiz bedrängt, machte sich Maria wieder auf den Weg, obwohl sich alles um sie drehte, sodass sie nur noch schwankte. Doch die unbekannte Kranke, die sie transportierte, eine Frau der Kategorie der Kryptokranken, befahl ihr in säuerlichem Ton, sie stehen zu lassen, denn sie wolle mit denen von Il Pornello nichts zu tun haben. Maria überließ also den Rollstuhl einem großen, hageren Pfadfinder, auf dessen Beinen starre Härchen sprossen, und steuerte auf die nächsten Toiletten zu, um sich zu erbrechen.

Aber als sie mit gesenktem Kopf beim *Croix des Bretons* vorbeiging, wurde sie von Giacomone aus Camucia, dem Oberbefehlshaber der Krankenträger für die Marken, Umbrien und die Toskana aufgehalten, der sie zwang, als Lückenbüßerin an der Eucharistischen Prozession teilzunehmen: Sie würde mit einer anderen Schwester und einem bannertragenden Krankenträger mit der Prozession gehen, wobei sie mit zwei Fingern eine gelbe Seidenquaste mit Goldfäden zu halten hatte, welche dazu diente, das membranfarbene Banner ausgespannt zu halten, auf dem mit goldenen und silbernen Fäden aufgestickt ein enormes blutendes Herz Jesu prangte.

Dass die Wahl auf Maria fiel, war von der Notlage diktiert worden: Die eigentlich dazu Bestimmte hatte sich bei der Generalprobe einen Knöchel verstaucht und konnte jetzt nicht mehr gehen.

Vergeblich versuchte Maria, die sich erbrechen musste, sich der Pflicht der Teilnahme zu entziehen. Giacomone aus Camucia blieb unbeugsam. Denn wo hätte er angesichts der metaphysischen Dringlichkeit, ein harmonisches Dreigespann von Komparsen zusammenzustückeln, eine andere Knirpsin finden sollen, vereinbar mit der ersten Knirpsin, einer gewissen Monia, zwischen denen, als Hahn im Korb zwischen zwei Frauen, der Kranken- und Bannerträger, ebenfalls ein Knirps, defilieren musste?

Es war nichts zu machen. Maria war bei all ihrem Brechreiz und Schwindelgefühl gezwungen zu kapitulieren.

Der bannertragende Krankenpfleger war ein gewisser Vito Scorciacavalli aus Foggia, Pferdemetzger, dem man das Privileg zugestanden hatte, das Banner Umbriens zu tragen, obwohl er aus einer anderen Region kam, weil ihm in der Sozialwohnung einer Tante, wohnhaft in Taranto, die Heilige Jungfrau mitsamt dem Kind erschienen war. Eine herrliche doppelte Erscheinung, die vor Vito nur einen einzigen Präzedenzfall erlebt hatte: nämlich die Vision des heiligen Ignatius von Loyola. Aber das wusste Vito nicht. Nach dieser ersten Erscheinung materialisierte sich auf der Innenseite der Tür aus furniertem Sperrholz, die in eine Abstellkammer ging, wo die Tante aus praktischen Gründen auch ihre Waschmaschine aufgestellt hatte, ein Wunderbild, in dem die Familienmitglieder, dann die Nachbarinnen und schließlich das ganze Viertel Folgendes erkannten: das Antlitz unseres Herrn am Kreuz, die verstorbene Tochter der Signora Filadelfa am Tag ihrer Erstkommunion, Padre Pio, der die Anwesenden mit erhobenem Zeigefinger ermahnte, und zum Schluss das unverwechselbare Bild Unserer Lieben Frau von Lourdes samt ihrer schweren Krone mit Türmen, Fialen und den Kugeln eines gräflichen Wappens.

Gequält von immer schlimmerer Übelkeit, da die grünen Röschen nun nicht mehr aus ihrer Gurgel wichen, während es »An… An…ncurema, M-a-r-i-a« an ihre Schläfen hämmerte, folgte Maria Angulema widerwillig Vito Scorciacavalli und Monia, die gute fünfundzwanzig Zentimeter kleiner war als sie, zu dem Ort namens *Prairie*, wo, vor neugierigen Blicken geschützt, zum fünften Mal eine rasche Generalprobe des Umzugs stattfinden sollte. Der Passgang mit Vito und der quastenhaltenden Kollegin musste in Einklang gebracht werden. Maria versuchte vergeblich, sich links von Vito aufzustellen, um die Quaste mit der Rechten zu halten, weil es mit der Linken anstrengender ist und der linke Arm schneller ermüdet, aber die Knirpsin Monia schien an der linken Quaste zu kleben und blieb dort mit stummer Hartnäckigkeit. Sie ließ nicht einmal locker, als eine dicke, behaarte Hummel auf ihrem Unterarm landete.

In Dreierreihen gegliedert, marschierten sie sodann in Richtung der Monumentalrampen, die, als Imitation der Kolonnaden des Petersdoms, die Esplanade umgürten. *Lento pede*, der großen nackten Brunnenschnecke ähnlich, die eine klebrige Spur gasförmiger Feuchtigkeit hinterlässt, nahmen sie die rechte Monumentalrampe in Angriff, die drohend über den Brunnen hängt. Die mit Basaltplatten gepflasterte Rampe, wo jeder Stein ein »Für erwiesene Gnade« bedeutet, stieg unmerklich, aber beständig an. An ihre Quaste geklammert, taumelte Maria, abwechselnd geschüttelt von Hitze, Demütigung, Übelkeit und Schwindelgefühlen.

Als sie schließlich vor dem Eingang zur oberen Basilika standen, die von einer Balustrade aus kleinen Säulen umgeben ist, wurden sie auf der Stelle gezwungen, wieder hinunterzusteigen, was sie schleppenden Fußes taten, bis sie auf einer der beiden s-förmigen Rampen anhielten, welche die Rosenkranz-Basilika umfangen; und dort mussten sie auf einer Stufe, wo es zu dritt mit ausgebreitetem Banner ziemlich eng war, während der ganzen Messe stillstehend, Figur machen.

Als die Esplanade, die Monumentalrampen inbegriffen, zum Bersten voll war von Kranken, Pilgern, Freiwilligen in Uniform, von Diakonen, Seminaristen, Klosterbrüdern, Pfadfindern und Klosterschwestern, und als mindestens zwei Dutzend Priester auf dem Platz vor der Rosenkranzbasilika vereint waren, wo man einen Altar aufgebaut hatte, nahm die Zeremonie, getragen von »Wende deinen Blick auf uns, dein Volk, Unsere Liebe Frau«, ihren Anfang. Von der Höhe der Stufe aus, wo sie als regionale Bannerquastenhalterin Figur zu machen hatte, eingezwängt zwischen der steinernen Balustrade und Vito Scorciacavalli, in dem verschwommenen Gewaber des alles ausfüllenden und von der Schwüle schwer gewordenen Lichts, sah Maria Angulema, wie ein Bischof mit der von in der Sonne aufflammenden Pfeilen strotzenden Monstranz die dem Altar am nächsten befindlichen Kranken und Pilger bedrohte, während einer der Priester, die um ihn Spalier standen, ein golden betresstes und gefranstes Sonnenschirmchen aus gelber Seide hoch über ihn hielt. Und ganz allein in dieser Masse verschwitzter, benommener und von der beklommenen Erwartung eines Wunders ergriffener Menschen wusste Maria, dass dieser Sonnenschirm aus dem Fernen Osten kam; denn sie hatte genau solche gesehen, einen wahren Wald gelbseidener, golden betresster Schirme, unter denen ein konvulsivisches Hin und Her mit Schälchen voll weißem Reis, Weihrauchstäbchen und Girlanden aus stinkenden, kleinen chinesischen Nelken zelebriert wurde: in Varanasi auf den schmutzigen Stufen des Ghat, am Ufer der Urmutter Ganga, die langsam, schlammig, ölig, modrig und gleichgültig vorüberfloss.

Maria glaubte zu ersticken. Mitunter riss sie den Mund auf, ohne dass es ihr gelungen wäre, Atem zu holen. Über ihren linken Arm, der angestrengt und schmerzend die erzwungene Position hielt – in einiger Höhe abgewinkelt, mit Zeigefinger und Daumen eng die Quaste umschließend –, schienen unsichtbare Stecknadelstiche zu laufen.

Die Sonne, die ihr genau ins Gesicht schien, blendete sie; zu ihren Füßen lag in der stillstehenden, glühenden Luft, schwarz von der zusammengepferchten Menschenmenge, die Esplanade.

Die Messe nahm ihren Gang, unterbrochen durch mehrere, entfernt nach Rock klingende Lieder, da sah Maria, wie ein Körper, mit seinen kraftlos herabhängenden Armen an eine Pietà erinnernd, von zwei Krankenträgern aufgehoben und hoch über der Menge weggetragen wurden.

Ein Toter, dachte sie. Sie fühlte sich immer schwächer, und jetzt tat ihr auch der Rücken weh. Und genau da geschah es, dass Maria niedergeschlagen, nach Luft ringend und von Übelkeit beinahe erstickt, in Höhe der Statue der Gekrönten Jungfrau, größer, unvergleichlich größer und schöner als alle, Gonzalo Gómez y Morena herannahen sah, die undurchdringliche Masse der Körper harmonisch durchschneidend, sich in Richtung Heiligtum bewegend.

Sie sah, wie er sicher auf sie zusegelte: Und sie zog die Augen zusammen, um ihn genau ins Auge fassen zu können, während das Herz ihr im Magen klopfte und der Schmerz im Rücken immer stärker wurde.

Gonzalo blieb vor dem Altar der Rosenkranzbasilika stehen, genau zu Marias Füßen.

Da erhob der Bischof die mit flammenden Pfeilen gespickte Monstranz, die Arme in die Höhe gestreckt, den feierlichen Blick unverwandt auf sie gerichtet. Mit einer langsamen Bewegung des Oberkörpers zeigte er sie der Menge, eine Drehung nach rechts und nach links beschreibend. Vorneweg der Bischof, alle Priester hinterdrein schritten herab, der Menge entgegen. Der Bischof zeigte mit immer noch in die Höhe gestreckten Armen das Allerheiligste.

Und ausgerechnet da, im Moment der Elevation, dem Höhepunkt des ganzen Ritus, sank Maria in sich zusammen wie ein feuchter Lappen, schwitzend und mit einem unerträglich gewordenen Schmerz im Magen. Sie wurde ohnmächtig, während ihre Finger noch die Quaste umklammerten. Einen Augenblick wankte Vito, festgekrallt an das Banner mit dem blutenden Herz Jesu: Aber er blieb stehen.

Maria stürzte auf die Stufen, ohne sich die Birne zu zerschmettern, und das war schon ein Wunder. Kreidebleich und in Schweiß gebadet blieb sie reglos liegen.

Aber gleich darauf kam sie wieder zu sich; versuchte sich zu bewegen, brachte aber die Augen nur einen Spalt auf. Und wie durch einen Nebel sah sie einen, der war groß und schön und hatte dunkelblaue, fliederfarben umrandete Augen und nahm die Treppe mit Leichtigkeit: Gonzalo hob sie lächelnd auf, und mit derselben Leichtigkeit trug er sie mit sich fort, sie hoch über der Menge haltend.

Gonzalo umschlang Maria fest mit seinen Armen und beförderte sie durch das Gewühl der schwitzenden und aneinandergedrängten Körper, während hoch über allen Köpfen die mit Pfeilen gespickte Monstranz aufflammte und niemand ein Wort sagte.

Sie erreichten die Strebemauer der linken Monumentalrampe und schlüpften dort durch eine niedrige Pforte. Sie befanden sich in einem dunklen, eiskalten Raum mit kahlen Wänden: ein kleiner Kellerraum, der ihr auf den ersten Blick wie eine Totenkammer vorkam. Der Spanier zögerte lange, bevor er Marias Körper mit äußerster Vorsicht auf eine Liege ausstreckte, die in der Mitte des Raumes stand.

Er hielt inne, um sie anzuschauen, und ein unmerkliches Lächeln glättete seine Lippen, dann näherte er sich dem Bett, auf dem die Kranke lag und beugte sich über sie. Nicht ganz bei Sinnen sah Maria wie durch einen Schleier sein Gesicht ganz nahe bei ihrem, und er lächelte mit dem dummen Ausdruck, der ihn so schön machte. Dann spürte sie, wie er sich zu schaffen machte, um die Zange der Schürze zu lockern, und dabei geschah es, dass er ihr eine Brust streichelte.

Dann, ausgerechnet, als alles die Ahnung erweckte, dass er sie küssen würde, vielleicht nicht gerade auf die Lippen, aber doch wenigstens auf eine Wange, da stürmte der Rüpel von Giacomone aus Camucia herein, mit aus der Hose hängendem Hemd und feuerrotem Gesicht, und transportierte, von einem Pfadfinder unterstützt, eine ebenfalls ohnmächtige Pilgerin, die in jeder Hinsicht einem sardischen Schaf ähnlich sah.

Sowie Giacomone die beiden sah, war ihm klar, dass sie zum Rumknutschen da waren. Er jagte Gonzalo fort, der ging, ohne ein Wort zu sagen, nachdem er der Liegenden einen letzten Blick zugeworfen hatte; Giacomone packte Maria grob an und lehnte sie an die Wand, wo die Angulema wie eine Mumie stehenblieb. Auf die Liege wurde die Pilgerin gebettet, die immer mehr einem sardischen Schaf glich.

Das Schaf jammerte vor sich hin und keuchte. Es war nicht in Ohnmacht gefallen, sondern hatte nur die Hitze und den Durst nicht mehr ausgehalten. Der Pfadfinder fächelte ihm mit einem Exemplar der *Grottenzeitung* Luft zu.

Da Maria kein Lebenszeichen von sich gab, gedachte der Grobian von Giacomone ihr ein paar harmlose Backenstreiche zu verabreichen, zur Wiederbelebung und gleichzeitig zur Strafe für das ungehörige Betragen, bei dem sie erwischt worden war. Rumknutschen während der Eucharistischen Prozession! Giacomone war außer sich und machte seiner Empörung vor dem Pfadfinder Luft, der ihn verwundert ansah und von diesem Wortschwall keine Silbe zu verstehen schien: Die Prozession hatte an ein Fiasko gegrenzt, zuerst hatte sich die eine den Knöchel verstaucht, und dann die andere, diese unbekannte Maria Angulema! Die, wegen ihres auffallend kleinen Wuchses im letzten Moment angeheuert, erst schräg in der Reihe ging, dann torkelte und am Schluss ohnmächtig umfiel, ausgerechnet während der Elevation! Von dem anderen, dem schönen Spanier, dem Stummen, ganz zu schweigen!

Und so wurde es Maria durch den Protest von Giacomone aus Camucia im klebrigen Nebel ihrer Halbohnmacht offenbart: Gonzalo Gómez y Morena war stumm!

Mit seinem ungeheuren Wanst über sie gebeugt, verpasste Giacomone der unglücklichen Maria zwei kräftige Ohrfeigen, aber sie blieb, als wäre nichts gewesen, stocksteif und bleich stehen, an die Wand gelehnt und mit schlapp hängenden Armen.

Nach einer Weile wollte das als Pilgerin verkleidete sardische Schaf wieder aufstehen: Giacomone und der Pfadfinder, der ihr unerschrocken weiter mit der *Grottenzeitung* Luft zufächelte, stützten sie und alle drei gingen hinaus.

Endlich allein wankte Maria in eine Ecke des Kämmerchens, wo sie sich endlich übergab. Dann ließ sie sich am Ende ihrer Kräfte auf die Liege fallen, wo er sie ausgestreckt hatte, wo er sie, wären nicht die anderen gekommen, vielleicht geküsst hätte.

Als sie erwachte, umgab sie Finsternis.

Sowie sie sich von der Lagerstatt erhob, empfand sie eine

große Pein. Es war eine scharfe, untröstliche Beklemmung. Der Schmerz strahlte aus wie ein Feuer, das die Haut genau in der Mitte der Brust anzündete. Sie wollte sich massieren, musste aber ihre Hand sofort zurückziehen wegen der Qual, die ihr diese Berührung verursachte. Während sie dann den Brustlatz der Schürze zurechtrückte, merkte sie, dass das Schildchen mit ihrem Namen »Angulema, Maria« verschwunden war: Geblieben war die kleine Sicherheitsnadel, an der es gehangen hatte, neben dem mit schwarzem Stoff überzogenen Trauerknopf.

Sie verließ das Kämmerchen, draußen lag die menschenleere Esplanade, und die Statue der Gekrönten Jungfrau ragte hoch in den Himmel. Maria begann langsam im Zickzackkurs zu gehen, bis sie schließlich instinktiv in die Straße zum St. Bernadette einbog.

Auf der Station ging es hysterisch zu: Einige Kranke hatten, das Durcheinander nach der Eucharistischen Prozession ausnützend, heimlich gegessen: Makrelenfilets in Öl, Mayonnaise, Essigfrüchte, Oliven, und alles, so wurde hervorgehoben, ohne Brot. Dann hatten sie gekotzt, die einen im Aufzug, die anderen im Korridor, Nazzarena sogar auf die Tagesdecke ihres Betts.

Als Maria in den Saal kam, waren die anderen Schwestern gerade mit dem Putzen fertig. Kaum hatten die für die Ordnung zuständigen Schwestern, die zwei mit den X-Beinen, sie gesehen, warfen sie ihr unentschuldigtes Fernbleiben vor.

Mit süßem Lächeln befahlen sie ihr sodann, die Lumpen mit dem Gekotzten auszuwaschen.

Maria nahm den Eimer, der das Dreckszeug enthielt, und begab sich widerwillig in die Wäscherei der Abteilung. Dort stellte sie den stinkenden Eimer in einen Schrank zu den Besen und Schrubbern. Dann sperrte sie den Schrank zu und steckte sich den Schlüssel in die Tasche.

Während die Angulema sich der dreckigen und mephitisch riechenden Lumpen entledigte, waren die Krankenhausinsassinnen, echte und eingebildete Kranke, dabei, sich von kollektiver Raserei erfasst herauszuputzen, denn das Konzert leichter Musik stand unmittelbar bevor.

Das Konzert gehörte zur Tradition der nationalen Wallfahrt, wobei die Identität des Sängers, der zur Freude der Kranken, der Pilger und des freiwilligen Personals auftreten würde, jedes Jahr bis zum letzten Moment in absolutes Stillschweigen gehüllt blieb. In diesem Jahr munkelte man beharrlich, es werde Renato Zero sein, dem manche im Krankenhaus der Sieben Schmerzen begegnet sein wollten. Aber es handelte sich um haltlose Gerüchte, denn bis zum letzten Moment, bis die Veranstaltung begann, sollte es ein Geheimnis bleiben. Zero konnte da sein, konnte aber auch nicht da sein. Die Erregung war kaum zu bändigen.

Alle Krankenhausinsassinnen wollten sich wenigstens die Lippen ein bisschen anmalen. Die Gewitzteren benutzten daraufhin auch ein wenig Wimperntusche. Micchelina ließ es zu, dass die sanfte Cannuccia, die eine Pinzette besaß, ihr die Brauen zupfte. Während die Cannuccia am Werk war, wiederholte die Alte ständig: »Liebe Muttergottes, mach, dass sie mir nicht ein Aug aussticht! … Liebe Muttergottes, mach, dass ich nicht blind werd!«

Nazzarena verfügte, während sie ein Zuckerstückchen lutschte, weil ihr schwindlig war, sie müssten sich unter den Achseln und zwischen den Schenkeln mit Körperpuder bestreuen. Da wollten sich alle schon angezogenen Kranken wieder ausziehen und mit Puder bestreuen.

Die Cannuccia trug zur Feier des Ereignisses einen gehäkelten Bolero, Micchelina eine kleine Stola, die aussah wie das Fell einer überfahrenen Katze.

Schließlich wurde das St. Bernadette im völligen Chaos geräumt, und zwischen Duftwolken, unter denen die Duftnote »Sinnlicher Orient« vorherrschte, bewegten sich alle in Richtung der Basilika des heiligen Pius X., wo das Konzert stattfinden sollte.

Diese Basilika ist eine gewaltige unterirdische Arena von der Größe eines Fußballplatzes, ein in die Erde versenkter Betonbunker, den man durch unsichtbare Eingänge betritt, die durch die Buchstaben A–F gekennzeichnet sind. Maria war noch nie hinuntergegangen, weil sie nichts von seiner Existenz wusste.

Im Treppenhaus des St. Bernadette stieß sie auf die Aufsicht führenden Schwestern. Eine der beiden fragte Maria, ob sie die Lappen gewaschen habe; Maria antwortete, sie habe sie gewaschen, ausgewrungen und zum Trocknen aufgehängt.

Darauf bekam sie einen Schluckauf, weil sie so schamlos gelogen hatte. Immer noch vom Schluckauf geplagt, erreichte sie die Rollstuhlgarage, und ohne sich um Größe und Gewicht des Kranken zu kümmern, den man hineingesetzt hatte, schob sie den erstbesten Rollstuhl ins Freie. Sehr langsam ging sie das Ufer des Gave de Pau entlang bis zum *Croix des Bretons*; auf der gewölbten Holzbrücke war sie auch diesmal gezwungen stehenzubleiben; dann ging sie weiter, immer noch sehr langsam, überquerte die Esplanade und blieb stehen, als ihr von zwei Bahrenträgern Halt geboten wurde, in der Nähe einer Blumenrabatte, die einen der geheimnisvollen Eingänge zur unterirdischen Basilika markierte.

Wieder wartete sie; auf ein gebieterisches Zeichen der beiden begann sie dann den Abstieg. Der Rollstuhl neigte sich nach unten, und es gelang Maria kaum, ihn vor dem Hinunterstürzen zu bewahren. Bei jedem Schritt musste sie halten. Der Abstieg schien kein Ende zu nehmen. Langsam und dicht aufeinander rückten die Rollstühle vorwärts, unter Stöhnen, Husten und Jubelgeschrei. Alle Kranken »mussten« etwas nicht genau Definiertes, klein, groß, aber auf jeden Fall konnte es nicht befriedigt werden, wenigstens nicht, bevor der Grund erreicht war.

Dann plötzlich waren sie kurz nach einer langen Schlusskurve in der Arena, vom Licht geblendet und in ohrenbetäubenden Lärm getaucht.

Noch einmal stockte alles, es war enger denn je. Maria ging mit gesenktem Kopf weiter, ohne zu sehen, ohne zu hören.

In einem Chor von Pfiffen wurde sie zu den Plätzen gewiesen, die für die Kranken des St. Bernadette vorgesehen waren. Sich durchkämpfend erreichte sie eine Menge anderer Rollstühle: Die Basilika war zum Bersten voll, und von den hohen Rampen bewegte sich die Schlange der Rollstühle immer noch langsam abwärts in den unterirdischen Raum hinunter.

Das lärmende Stimmengewirr war unerträglich. Maria blickte auf und sah wenige Schritte von ihr entfernt auf Holzbänken aufgereiht die erregten Gesichter all derer, denen sie bis dahin begegnet war.

In der ersten Reihe saßen: Liona, die Vertilgerin von gegrillten Innereien, das Haar wie ein Nest aus Stroh; Babbafave, der Kartenspieler, mit dem sie Milchkaffee getrunken hatte; Nazzarena und Micchelina, die sich mit erhitzten Gesichtern um eine Schleierstola stritten; Mirella Cannuccia, die kleine Hinkende aus Massa Martana mit ihrem gehäkelten Bolero; Marino-vom-Rimps und Noemia aus Vetriolo, die Witzereißer auf dem Ausflug nach Gavarnie, wo sie nie angekommen waren; und dann noch die Waggonvorsteherin, die Oberschwester, die stellvertretende Oberschwester, die zwei Ordnungsschwestern, Ghigo und Laura, ineinander verkrallt, Ghigo mit aus den Hosen gezogenem Hemd und flammenden Backen, Laura aufgedunsen und mit halb offenem Mund, die beiden einstigen Bäuerinnen ihres Großvaters, die Mutter und die Tochter, die zu ihrer Zeit noch nicht geboren war, und die Patientin, die am Morgen des zweiten Tages einen Panikanfall bekommen hatte, und TeHa-Samantha, die unerklärlicherweise zwischen zwei Zimmermädchen des St. Genoveva vor sich hin dämmerte, und dann Giacomone aus Camucia, der Pfadfinder, Gigliola und ihre Mutter, Rolanda aus Morrano, Armenia della Cipolla, die schon von dem Wasser getrunken hatte, und Vittoria und schließlich eine Traube rötlicher Haarschöpfe, in denen sie die irischen Pilger erkannte, um den schönen Gonzalo geschart, der lächelte.

Während Maria die ganze Gesellschaft ansah, wobei sie vor Hitze und Lärm schier erstickte und von den Lichtern der Bühne geblendet wurde, welche die ganze Versammlung taghell erleuchteten, hörte sie wie im Traum aus einem unsichtbaren Lautsprecher eine bekannte Stimme krächzen, vielleicht die von Don Faggiolo, und in schleppendem, müdem Ton mehrmals wiederholen: »Schwester Angulema Maria wird gebeten, sich zum Eingang F zu begeben. Ich wiederhole: Schwester Angulema Maria wird gebeten, sich zum Eingang F zu begeben.«

Auf diesen unerwarteten, beunruhigenden und so direkten Ruf hin erhob sich Maria, verzehrt vom Drang zu entdecken, wer sie zum Eingang F rief und warum, und lief wie von Sinnen die Rampe, über die sie gerade heruntergekommen war, gegen den Strom wieder hinauf.

Als sie endlich im Freien, in der Finsternis angelangt war, wo die Pilger zum Hinabsteigen zusammenströmten, merkte sie, dass der Eingang, zu dem sie hochgestiegen war, nicht der Eingang F, sondern der erste, der Eingang A, war, und da lief sie einmal um den unermesslich weiten Rasen herum, der über der unterirdischen Basilika liegt, vorbei an allen Eingängen, bis sie zum Eingang F kam: Er war verrammelt und verlassen.

Sie kauerte sich am Rand eines Beets auf der Erde zusammen und wartete.

Niemand war zu sehen, außer den letzten Nachzüglern, die durch die anderen Eingänge in die unterirdische Basilika hinabstiegen.

Sie war allein und schaute hinaus in die Dunkelheit, ob vielleicht doch noch jemand kommen würde.

Es war stockdunkel, als sie in großer Angst erwachte; in ihr Cape gewickelt hatte sie mehrere Stunden geschlafen. Sie musste weggehen. Bei der metaphysischen Dringlichkeit, das Ass auszuspielen, wusste sie nur eines: Ihr Kopf war durchlässig wie ein Sieb. Sie entfernte sich von dem nun verlassenen Rasen über der unterirdischen Basilika, wie von einer Unruhe getrieben. Durch die Straßen, wo keine Menschenseele unterwegs war, wehte ein eisiger, scharfer Wind.

Sie ging schnell, den Blick nach unten gerichtet, um das Stolpern der Turnschuhe über die Enden des Capes abzufangen, und steckte auf einmal mit nassen Füßen in einer Rinne zwischen Straße und Trottoir.

Die Bürde lag so schwer auf ihr wie nie zuvor. Wenn ihr jemand begegnet wäre, hätte er sie für verrückt gehalten. Aber es begegnete ihr niemand.

Würde sie den Weg zur Grotte nehmen? Nein, meine Herrschaften. Bedrängt von der Dringlichkeit zu gehen, gepeinigt von dem, was in ihrem Inneren brannte, befand sich Maria auf einmal, ohne sich darüber klar zu werden, ohne es gewollt zu haben, im Bauch des St. Bernadette, in der unterirdischen Garage der Rollstühle.

Das grelle Licht der Neonröhren machte sie blind. Einsam schlief ein Krankenträger auf eine Bank geworfen, die Füße auf eine Rikscha gelegt und die Hände über dem Bauch gefaltet. Den Mund leicht geöffnet und Speichelbläschen in den Mundwinkeln. Maria sah den Mann herausfordernd an. Sie hatte große Lust zu streiten, der aber schnarchte weiter.

Maria ging zur Mauer und begann, aus einer großen Holzkiste unter dem Fenster eine nach der anderen die gehäkelten Decken herauszuholen, mit denen die Kranken zu den Prozessionen eingemummt wurden, und stapelte sie auf einer Bank. Diese gehäkelten Decken waren eine Gabe, eine Votivspende der kranken Frauen, die an diesen Orten geweilt hatten. Manche waren riesengroße, ausgefranste, monströse Fischernetze aus bunter Wolle; andere waren klein und verzogen wie trapezförmige, armselige Schultertücher. Alle waren aus den verschiedensten Wollresten mit einer Dreiernadel angefertigt worden. Rot herrschte weithin vor.

Aus dem Aufzug schlüpfte still ein dicker Geistlicher im Priestergewand mit weißem Beffchen und einem glänzendem Gesicht, das von überall verzweigten weinfarbenen Äderchen überzogen war, und ging auf sie zu, sich einen Weg durch den Wald der leeren Rollstühle bahnend; dabei fuhr er mühsam mit dem Zeigefinger zwischen dem harten

Kragen und seinen Halsfalten hin und her, im Versuch, die Spannung der priesterlichen Krawatte ein wenig zu lockern. Er ließ sich auf die graue Bank sinken, einen halben Meter entfernt von der großen Kiste, der Maria mit grimmigem Gebaren das Wirrwarr der Decken entnahm.

Von dieser gutmütigen Vertraulichkeit beleidigt, wurde Maria böse und warf ihm einen feindseligen Blick zu. Sie war schon bereit, die Krallen hervorschießen zu lassen. Sie hatte das Bedürfnis, sich Luft zu machen, über ihr Missgeschick zu jammern, vielleicht auch die große Bürde vorzuzeigen.

Als einzige Antwort deutete der Geistliche ein halbes Lächeln an, dann begann er ohne Vorankündigung mit dem Rosenkranz. Maria folgte ihm. Sie empfand beinahe eine Erleichterung beim Wiederholen der langen, monotonen Kantilene, mit der sie allmählich klarkam, wenn man vom Salve Regina und dem Ende des »Ehre sei dem Vater« absah, wo sie, um ihre Unwissenheit zu kaschieren, ein unverständliches Genuschel von »und in Ewigkeit. Amen« hinhudelte. Bei den ersten Zehn führte der Geistliche mit »Gegrüßet seist du Maria« und sie folgte in freudiger Inbrunst nach mit »Heilige Maria«; bei den zweiten Zehn wechselten sie die Rollen, und Maria begann mit »Gegrüßet seist du Maria«. Der Geistliche war beim wunderbaren »Heilige Maria« wieder an der Reihe, das er mit unleugbarer Plattheit ohne den geringsten Elan rezitierte. Das »Gegrüßet« gefiel ihr nicht so gut, denn sie zog in jeder Hinsicht den Schwung, das Feuer vor, das man der Stimme beim »Heilige Maria« geben konnte.

Nachdem der Rosenkranz zu Ende war, beteten sie auch noch die Lauretanische Litanei, die nach Marias Vermutung mit dem Heiligen Haus von Loreto und mit der schwarzen Muttergottes und ihrem unglaublichen Rock zu tun hatte, dessen zahllose Schichten von Biskuit umsäumt waren, wie sie einmal auf einem Bildchen gesehen hatte; aber sicher war sie sich nicht. Als alles zu Ende war, schlich sich durch die zerfledderten Wolkenfetzen am Himmel ein bleicher Sonnenstrahl durch das offene Tor herein.

Da begannen unter Pantolettengeklapper die ersten Schwestern einzutreffen, gefolgt von den nach Rasierwasser riechenden Krankenträgern. Die hohen, jammernden Stimmen der Schwestern legten sich über das Geratter der hierhin und dorthin verschobenen Rollstühle.

Der Zauber des Gebets war gebrochen, Maria und der dicke Geistliche wurden von einer kreischenden und geschäftigen Schar überrollt, die sich allenthalben zu schaffen machte, Befehle wie Kanonenschüsse losschickend. Die Angulema ging beim ersten Schuss unter.

»Schwester, wo waren Sie während der Messe für das Personal? Wir haben Sie nicht gesehen«, zischte ihr die Krankenhaus-Oberschwester böse ins Ohr.

Maria, die niemals einen Fuß in die Messe des Personals um sechs Uhr früh gesetzt hatte, war beschämt, tat aber so, als hätte sie nichts gehört, nahm mit gleichgültiger Miene die Kontrolle der Häkeldecken wieder auf und stapelte sie weiter auf die Bank, wo immer noch der Geistliche saß.

Die Rollstühle und Rikschas wurden hergerichtet. Der Aufzug erbrach die torkelnde Ladung der ersten Kranken, lauter eben aus dem Bett gefallene Leute, vor allem Frauen. In einer der Kirchen sollte frühmorgens ein Hochamt zelebriert werden. Maria hatte keinerlei Lust hinzugehen und beschloss sich zu verziehen, vielleicht in die Wäscherei zum Rauchen.

Als hätte er ihre Gedanken gelesen, sagte der Geistliche auf einmal, die Messe würde in der *Prairie* stattfinden, das war die ausgedehnte Grasfläche, auf der Maria mit Liona und TeHa-Samantha auf dem Weg zum Milchtäubling und zum Birnbaum von Monteleone herumgeirrt war und wo die Generalprobe für die Eucharistische Prozession stattgefunden hatte.

Maria fuhr fort, stumm und beharrlich Decken auf die Bank zu häufen. Da forderte sie der Geistliche auf zu beichten. Maria hatte noch nie gebeichtet, sie wusste nicht einmal, wie man beichtete, was man erzählen musste, welcher Ton und welche Zerknirschung nötig waren. Sie hielt es aber für angebracht, sich neben den Geistlichen auf die Bank zu setzen. Dann begann sie mit reumütiger Miene ihr dumpfes kleines Gehirn zu zermartern, wobei sie, wie um besser zu sehen, die Augen zusammenkniff, aber wie sehr sie sich auch anstrengte, es kam ihr keine Sünde in den Sinn, die sie hätte beichten können. Dafür erinnerte sie sich auf einen Schlag an jedes Unrecht, das sie erlitten hatte, und an alle Tragödien, in denen sie das Opfer und zweite Hauptbeteiligte gewesen war. Sie sah ihren Vater wieder auf dem Metallbett der Leichenkammer liegen und die zwei Fäden geronnenen Blutes, die aus seinen Nasenlöchern kamen.

Der Geistliche wartete eine Weile, dass sie ein Wort hervorbrachte, aber die Angulema schwieg beharrlich, während ein dumpfer, glühender Groll in ihr hochstieg. Er füllte sie ganz. Quoll über. Sie konnte nur sagen: »Hochwürden, ich bin voller Zorn.« Der Geistliche wartete noch eine Weile, ob sie fortfuhr; dann gab er ihr die Absolution, vielleicht auf Grund einer privaten Dringlichkeit, und segnete sie händewedelnd. Er rezitierte das Reuegebet, damit es Maria nachsprechen konnte. Sie folgte ihm, wobei sie die Wörter halb verschluckte.

Dann war das Salve Regina an der Reihe, das ihr so gut gefiel wegen des flüchtigen, aber unanfechtbaren »Wohlan denn, unsere Fürsprecherin«, und das sie trotzdem nicht hatte lernen können, weil ihr die Worte im Hals stecken blieben nach dem überstürzten Anfang »Sei gegrüßt, o Königin, Mutter der Barmherzigkeit; unser Leben, unsere Wonne und unsere Hoffnung, sei gegrüßt!« Sie taugte zu nichts, nicht einmal das Salve Regina zu rezitieren, würde sie je schaffen.

Vielleicht war das auch eine Sünde.

Dann ging der dicke Geistliche weg, und Maria blieb allein auf der grauen Plastikbank sitzen. Sie strengte sich an, das eben gehörte Salve Regina zu wiederholen, aber die Ergebnisse waren mittelmäßig: Sie schaffte es nur, ein neues Fragment hinzuzufügen, das dem »Unsere Fürsprecherin« vorausging, das in etwa so lautete wie »seufzen wir stöhnend und weinend in diesem Tal der Tränen«. Und dann kam ein »Wohlan denn«, und nach dem »Wohlan« musste die »Fürsprecherin« kommen, aber allein war sie nicht dazu imstande. Verdrießlich saß sie da und zermarterte sich den Kopf über das Gebet, das ihr genau wie viele andere Dinge verweigert zu sein schien.

Inzwischen sortierten Schwestern und Krankenträger die Kranken: fettleibige Diabetikerinnen, rotgesichtige Leute mit Bluthochdruck, steifgliedrige Arthritiker, Herzleidende, Klimakteriums- und Gallengeschädigte, echte Kranke und eingebildete Kranke sanken in die Karren, dass die Rädchen stöhnten. Einige Pantoffeln flogen durch die Luft.

Maria hatte keinerlei Absicht, eine dieser schweren Kutschen zu schieben, in der ächzend irgendeine dreiste Frau hin und her wackeln würde, deren Haar Altweibergeruch ausströmte. Sie wollte es eigentlich nur schaffen, sich an das Salve Regina zu erinnern und die Stelle von »Unserer Fürsprecherin« wiederzufinden, um es endlich rezitieren zu können. Ihr schien, als könne ihr nur das ein wenig Frieden spenden. Aber es war ihr nicht vergönnt.

Als die Garage zum Bersten voll war mit Kranken, sah sich Maria gezwungen, von der Bank aufzustehen. Die Insassen der Rollstühle auf den vordersten Plätzen schnaubten, wollten endlich losfahren.

Maria begann die Kranken mit den gehäkelten Decken einzumummen, die sie aus der Kiste geholt hatte. Über die gehäkelten Decken legte sie angejahrte Wachstücher in

Krankenhausgrün, deren Anblick die Kranken nicht begeisterte. Einige ließen einen schüchternen Protest hören, andere rissen nur die Augen auf. Verbissen befasste sich Maria dann mit einem winzigen Männchen, dünn wie aus Pergament, das sie resigniert walten ließ. Ohne sich um die Blicke zu kümmern, die ihr von verschiedenen Seiten zugeworfen wurden, fuhr Maria fort, die wehrlosen Körper samt ihrem Zubehör – Stöcke, Flaschen, Plastiktüten, Handtaschen und Uringläser – einzuwickeln. Sie spielte mit lebendigen Puppen, die aus geschwollenen und nicht mehr beweglichen Gliedmaßen, wässrigen, geröteten Augen, schmuddeligem weißem Greisenhaar, faltigen Händen bestanden.

Während sie sich voller Eifer und Einsatz diesem Geschäft widmete, kam ihr plötzlich die ganze Reihe von Sünden glasklar zu Bewusstsein, die sie in ihrem Leben begangen hatte. Sie wurde feuerrot vor Scham, weil sie nicht imstande gewesen war, wenigstens eine zu beichten. Sie erinnerte sich, wie sie mit dreizehn in einem Sportgeschäft einen Bikini gestohlen hatte und wie der Besitzer sie am Schlafittchen gepackt hatte, wie man es mit einer Katze machen würde. Dann hatte er sie rüde hinausgeworfen und gedroht, er werde die Polizei rufen.

Sie hielt Ausschau nach dem Geistlichen und Beichtvater, aber er war verschwunden. Sie musste ihre Sünden alle wieder hinunterschlucken.

Während Maria weiterhin langsam und stumpfsinnig über ihre Sünden nachgrübelte, wobei sie sich immer schmutziger und nutzloser fühlte, drang auf ihrer rechten Seite eine klare, feine Stimme an ihr Ohr, die flüsterte: »Bad. Bitte, ich möchte ins Bad.« Also aufs Klo.

Maria verzog das Gesicht, dann schaute sie sich schnell um, ob nicht irgendeine andere Schwester da war, um dieser Obliegenheit nachzukommen. Die feine Stimme wiederholte inzwischen ihre Bitte: »Bad. Bitte, ich möchte ins Bad.« Da wandte sich Maria mit flehendem Blick den Krankenträgern zu, damit wenigstens die ihr halfen. Aber in dem großen Raum waren nur alte Krankenträger mit tabakfarbenen und dunkelblauen, sich am Rücken kreuzenden Stricken, die sie keines Blickes würdigten.

Mit kleinen Schrittchen, als würden sie die Füße schmerzen, erreichte Maria den Rollstuhl, aus dem sich die Stimme erhoben hatte. Die Kranken, die sie schon mit den grünen Wachstüchern eingemummt hatte, warfen ihr ängstliche Blicke zu, denn sie fürchteten, sie würde sie noch mit anderen Lumpen zudecken.

In dem Rollstuhl, aus dem die klare Stimme kam, saß eine niedliche kleine Dame mit kurzem Haar und Brille, die sie mit der durch die Brille riesenhaft vergrößerten Iris fixierte und noch einmal sagte: »Bad.«

Maria hob die Flügel ihres dunkelblauen Capes hoch, dann das gepaspelte Kellnerinnenschürzchen, auf der Suche nach einem speziellen, geheimen Säckchen, das sich rechts auf Hüfthöhe befinden musste und die Gummihandschuhe enthielt, die nach den Vorschriften, § 4, Absatz 1, anzuziehen waren, um den Kranken bei der Erledigung ihrer physiologischen Bedürfnisse beizustehen: Diesmal würde sie alles so machen, wie es sich gehörte, dachte sie. Während sie den Stoff der Schürze zu verschieben versuchte, rollte sich dabei das Kleidchen, eine Art Apothekerkittel, den sie darunter anhatte, so weit auf, dass der Silikonspitzenrand eines der selbsthaftenden Strümpfe sichtbar wurde und sich den Umstehenden in seiner ganzen verführerischen Pracht zeigte. Alle weiblichen Kranken starrten Maria einhellig mit schwer missbilligenden Blicken an. Ihr Gesicht lief knallrot an. Mit unbeholfenen Gesten versuchte sie, die Gummihandschuhe anzuziehen, die, da sie aneinander klebten, dem notwendigen Eindringen ihrer Finger Widerstand leisteten. Endlich gelang es doch, und sie beugte sich hinunter zu der niedlichen kleinen Dame. Und hörte aufs Neue die klare, feine Stimme: »Bad … Wasserbecken.«

Es war also beschlossen. Sie war gerufen worden. Sie riss sich mit einem lauten Knall die Gummihandschuhe herunter: Die brauchte sie nicht mehr. Sie entwirrte den Rollstuhl der kleinen, niedlichen Dame aus dem Stau, und den strengen Blick einer monumentalen Kranken in der ersten Reihe missachtend, die mit einem Stock in der Faust und Wasserkanistern zwischen den angeschwollenen Beinen in ihrer Rischka saß, ging sie hinaus.

Draußen wehte noch der eisige Wind der Frühe, der hoch im Himmel über dem Gave de Pau bald purpurne, bald violette Wolkenfetzen mitzog. Dort oben wurde eine Gerichtsszene aufgebaut. Maria war eingeschüchtert. Sie senkte den Blick. Unter ihr floss stürmisch, dunkel, von Schaumkrönchen gesprenkelt, der Gebirgsfluss. Ein jäher Windstoß brachte sie ins Wanken. Etwas in ihr erbebte.

Sie begann den Rollstuhl bergauf zu schieben und fühlte sich zutiefst unglücklich, von der verfrühten Menstruation beschmutzt: In diesem Zustand weiblicher Unpässlichkeit würde sie nie ins Wasser der Becken eintauchen können. Aber sie war doch gerufen worden.

Den Gave de Pau entlang, dem Wind entgegen, wobei sich der Saum des Capes in den Rädern des Rollstuhls verfing, gingen in dieser Stunde der Entscheidung die zwei Frauen, die todunglückliche Schwester und die niedliche kleine Dame, die ein Bad nehmen wollte.

Nachdem sie das *Croix des Bretons* hinter sich gelassen hatten, überschritten sie schweigend die gewölbte Holzbrücke, wandten sich dann nach rechts, langsamen Schrittes dem Flusslauf folgend. Die Brunnen ließen sie links liegen und befanden sich nun vor der funkelnden Grotte. Ein Krankenträger kratzte mit einer Eisenschaufel das heruntergelaufene Wachs der Tag und Nacht brennenden Kerzen zusammen. Drinnen leuchtete alles. Rechts oben stand in der großen Nische der Erscheinung die weiße Statue Unserer Lieben Frau: gleichgültig und unnahbar. Sie gingen weiter.

Als das Gebäude, in dem die Bäder untergebracht waren, vor ihren Blicken erschien, sah Maria plötzlich einen Wärter, der ihnen von ferne zuwinkte, sie sollten sich beeilen, und heftig mit den Armen auf eine Gittertür wies. Obwohl Maria den Grund dieses Fuchtelns nicht verstand, beschleunigte sie ihren Schritt, aber sie musste vor dem ersten Eingang anhalten, um Atem zu holen; zwei Männer, in denen sie an den traditionellen, über der Brust gekreuzten Riemen Krankenträger erkannte, zogen sie hinein und schlossen hinter ihr die Tür. Danach hängte der, der ihr aus der Ferne die Zeichen gegeben hatte, ein Schild aus, auf dem in vier Sprachen »Geschlossen« stand.

Das Gebäude, in dem die Bäder oder Becken untergebracht sind, sieht aus wie ein heruntergekommener Schafstall, der von einem grauen vorspringenden Felsen überragt wird. Auf der Längsseite, parallel zum Gave de Pau, geht diesem ein Dach aus Wellblech voraus, unter dem einige Bankreihen stehen. Andere Sitzgelegenheiten aus Stein stehen entlang der Mauern, wo sich die Türen zu einer Reihe von Zellen öffnen, von denen jede ein Becken enthält. Die Bäder für die Frauen sind von den Männer- und Kinderbädern durch ein Mäuerchen getrennt, das den allgemeinen Eindruck, sich in einem Schafstall zu befinden, noch verstärkt.

Als Maria endlich drinnen war, bei den Bänken unter dem Wellblechdach mitten unter den betenden Pilgerinnen, wurde sie wieder von Furcht ergriffen und beschloss zu gehen. Sie übergab die niedliche kleine Dame der Obhut eines Krankenträgers und wandte sich zum Ausgang, aber alle Gittertore waren geschlossen. Ratlos blickte sie auf den einzigen, aber versperrten Fluchtweg, bis ein Krankenträger ihr zu verstehen gab, sie solle sich auf eine der Steinbänke setzen, die an der Mauer angebracht waren.

Plötzlich überkam sie Schlaffheit. Es wurde ihr heiß, gleich darauf schüttelte es sie vor Kälte. Sie würde sich ein wenig ausruhen, sagte sie sich, und warten, bis die Tore wieder aufgemacht würden. Sie blickte vorsichtig um sich. Es geschah nichts Besonderes. Einige schwarze Nonnen; Trauben betender Pilgerinnen; ein Geistlicher. Die gewohnten Rollstühle in Viererreihen. Ausdruckslose Gesichter, Leute mit verzerrter oder gleichgültiger Miene. Niemand redete, man hörte nur die monotone Kantilene des Rosenkranzes, manchmal von Gesang unterbrochen. Drei Schwestern kauten Kaugummi, während sie auf ihre Schicht warteten.

Sie versuchte aufzustehen, aber ihre Beine waren wie aus Blei. Da entfaltete sich mitten in ihrer Brust unbändig ein Schmachten, eine große Melancholie, klebrig wie ein Ölfleck, der sich nach und nach ausbreitete und alles in ihr auslöschte. Sie schloss die Augen in der Hoffnung, die Schlaffheit, die sie ganz durchdrungen hatte, möge wieder verschwinden, wie sie gekommen war.

Zum ersten Mal seit dem Tag ihrer Ankunft vergaß sie, wie lästig der Zwang des Schleiers für sie war. Sie lehnte sich mit Rücken und Nacken an die Mauer und spürte die Rauheit des nackten Steins. Ihr Geist erlitt Schiffbruch, denn alle Gedankengänge waren mehrdeutig. Die Gedanken schienen in logischer Folge zu verlaufen, versanken aber immer mehr in einem Treibsand von Haltlosigkeiten. Es gab keine Antworten. Je mehr sie sich darauf versteifte, einen Sinn in dem zu finden, was ihrem Vater zugestoßen war, umso mehr überschlugen sich ihre wenigen Gewissheiten und verpufften in heilloser Verwirrung.

Dann gerieten ihre aufgewühlten, angstvollen Gedanken auf Abwege, um in Gerüchten hängen zu bleiben. »Das Wasser wird nie gewechselt.« »In dem Wasser ist Blut zu sehen und auch Eiter ist drin.« »Vielleicht wird man ja krank, wenn man in den Becken badet?« »Von diesem Wasser wird man nicht nass. Kaum kommt man heraus, ist man schon trocken.« Maria lächelte, als sie sich an diesen Unsinn erinnerte. Sie scheuchte die Gerüchte fort von sich, wie sie es mit einer Schmeißfliege gemacht hätte. Mit geschlossenen Augen auf der Steinbank liegend, musste sie einfach an das Wasser der Bäder denken, und sie spürte, wie sie, die sie nichts wert war, sich immer mehr hingezogen fühlte zu den geheimnisvollen Becken, in denen sie wegen ihres körperlichen Zustands nicht würde baden können. Sie war auf wenige Meter an das Geheimnis, an das Wasser, das nicht nass macht, herangerückt, und nun durfte sie sich nicht hineinwagen: Zum x-ten Mal wurde ihr etwas verweigert, was sie sich sehnlichst wünschte; weil sie schmutzig war, weil zwischen ihren Beinen das Blut hinunterlief, ihr Blut, das nach Fäulnis stank.

Sie könnte es ja vielleicht verschweigen, dachte sie, und sich mitsamt der Menstruationslast in das Becken sinken lassen: Dann würde man in den Becken tatsächlich Blut sehen!

Sie war so nahe daran, und es war ihr verwehrt, das Heiligtum zu betreten, um nachzusehen, ob in dem Wasser, das nicht nass macht, wirklich Blut, Eiter, Haut, Härchen und wer weiß, was sonst noch, herumschwammen.

Sie stand auf, zum Weggehen entschlossen, aber alles begann sich um sie zu drehen wie auf einem Karussell. Mit einem dumpfen Schlag fiel sie auf die Bank zurück, empfand aber keinen Schmerz. Sie schloss die Augen und hätte am liebsten geschlafen, wie gern hätte sie in der Sonne schlafen mögen. Sie war bis zum Rand eines Abgrunds vorgedrungen.

Endlich zersprang etwas in ihr, und heiße, brennende Tränen, groß, rund und schwer wie Kastanien, begannen aus ihren hartnäckig geschlossenen Augen zu fließen. Sie dachte, alle würden sie weinen sehen, aber es machte ihr nichts mehr aus. Sie weinte wollüstig und hemmungslos. Niemand achtete auf sie.

Ihre Brillengläser beschlugen, und Maria erkannte nichts mehr von dem, was sie umgab.

Hässlich und ohne jede Grazie war Maria Angulema mit ihrem vom Weinen verquollenem Gesicht unter dem starren Schild des Schwesternschleiers.

Aus der Nase begann unaufhaltsam wässriger, farbloser Rotz zu laufen, der auf ihren Lippen liegen blieb. Sie probierte ihn auch, aber er schmeckte nach fast gar nichts.

Während sie im Täschchen des Apothekerkittels, den sie unter der Schürze trug, vergeblich nach einem Papiertaschentuch suchte, kam ein Krankenträger angehinkt. Er nahm sie sanft am Arm und begleitete sie zu einer anderen

Bank, einer Holzbank diesmal, weiter entfernt von den Türen, die zu den Wasserbecken führten. Dort war sie wieder allein.

Still weinte die dumme Maria Angulema vor sich hin, überwältigt von einer phänomenalen, namenlosen Rührung. Sie weinte, ohne den Tränen Widerstand leisten zu können, ohne Grund, ohne einleuchtende Ursache, außer der, dass sie als Nonne angezogen unter dem Wellblechdach in einer Art Schafstall aus Stein in Lourdes im Bigorre saß.

Das stille Weinen verwandelte sich in Schluchzen; Maria legte die Unterarme auf die geschlossenen Knie und beugte, sich zusammenkauernd, den Rücken. Plötzlich spürte sie, dass ihre Schulter leicht berührt wurde, und sie schaute auf: Neben ihr saß ein Krankenträger, den sie vom Sehen kannte, aber dessen Namen sie nicht wusste, einer der wenigen, der ihr in jenen Tagen, wenn er ihr begegnete, während sie unbeholfen die Kranken im Rollstuhl herumschob, zugelächelt hatte.

Der junge Mann nahm ihre Hand. Durch den Vorhang der Tränen sah Maria, dass seine Brust von Medaillen, Kreuzen, NDL-Monogrammen und versilberten Kügelchen bedeckt war, jedes Kügelchen eine Wallfahrt. Schön und bedeutend erschienen ihr diese Medaillen, verglichen mit dem düsteren Knopf aus schwarzem Stoff, den sie auf ihr Herz geheftet trug.

Sie schluchzte noch stärker, während ihre Tränen nur so hervorsprangen. Er drückte ihre Hand in der seinen, die warm und trocken war. Von diesem Griff umfangen, empfand sie Schmerz und gleichzeitig Trost, beinahe ein Gefühl des Friedens.

Dann begann er, mit tiefer Stimme ein Gebet zu singen und zwang sie aufzustehen. Auf das Gebet folgte eine Salve von Anrufungen in einem unbändigen Crescendo. Er schrie: »Unsere Liebe Frau von Lourdes!« im Wechsel mit: »Heilige Bernadette!«, und die auf den Bänken ringsum Sitzenden erwiderten: »Bitt für uns!«

Maria schluchzte weiter, die Brust von Zuckungen erschüttert. Unter dieser Sintflut von Tränen wusste sie mit Sicherheit, dass sie jetzt bald sterben würde.

Der Krankenträger lockerte seinen Druck nicht, und zugleich sang und betete er inbrünstig. Dann stand er auf und entfernte sich, wie er gekommen war, ohne ein Wort zu ihr zu sagen in Richtung der Bäder für die Männer, quer über den Rücken den Riemen aus grauem Stoff mit dunkelblauen Streifen, der sie auch diesmal an die weiße Schnur der Brahmanen erinnerte.

Von jemandem, den sie nicht sah, wurde Maria auf eine dritte Bank geschoben, erneut eine an der Felswand angebrachte, nahe bei einer Tür, die wie in einer Badeanstalt hinter einem blauweiß gestreiften Vorhang verborgen war. Hinter der Tür lagen die Wasserbecken.

Maria spürte kaum die Rauheit der nackten Steinwand an ihren Schulterblättern. Unfähig kehrtzumachen, sich dem Mysterium des Bades zu entziehen, zu dem sie so mächtig gerufen worden war, weinte sie weiter, vor Verzweiflung, weil ihr Tod im fremden Land, das äußerste Verhängnis, dem sie sich nicht widersetzen konnte, unmittelbar bevorstand.

Dann war mit einem Schlag der Strom der Tränen erschöpft, aus dem Hahn floss nichts mehr. Maria öffnete die Augen wieder und sah sich um, aber so sehr sie sich auch anstrengte, scharf zu sehen, es gelang ihr nicht, irgendetwas zu unterscheiden. Sie ahnte, dass sich in der Höhe irgendwelche dunklen Massen bewegten, aus denen ununterbrochen hämmernd die obsessive Litanei hochstieg: »Unsere Liebe Frau von Lourdes, bitt für uns!«, »Heilige Bernadette, bitt für uns!«

Dann wurde der Vorhang ein wenig beiseite geschoben, gerade so weit, dass ein Arm durchpasste, und jemand zog sie ins Innere des Gebäudes.

Kaum hatte sie die Schwelle überschritten, war Maria umfangen von einer Woge warm-feuchten Dampfes. Die Brille, von der sie mit der Schürze geduldig die Tränen weggetrocknet hatte, beschlug aufs Neue. Abermals in einen Zustand vollkommener Blindheit geraten, fühlte sie sich verloren und wehrlos und war sich einmal mehr sicher, dass sie gleich sterben würde. Sie begann wieder hemmungslos zu weinen.

Nach und nach jedoch versiegte der Tränenstrom, und Maria begann sich umzusehen.

Der Ort, an den man sie gebracht hatte, war ein langer, schmaler Gang mit einer Reihe kleiner Türen, auch diese hinter gestreiften Vorhängen verborgen: Es sah aus wie in einer Badeanstalt. In der Luft staute sich ein feiner Dunst. Hin und wieder hörte man ein gedämpftes Platschen, als ob jemand barfuß auf einem nassen Boden ging; und dann Stöhnen, halblautes Getuschel.

Raschelnd wurde ein Badeanstaltsvorhang direkt vor ihr beiseite geschoben, und eine ältere Schwester schaute heraus. Sie trug weder Haube noch Schleier. Das ungekämmte Haar stand auf dem kleinen, knochigen Kopf in die Höhe. Sie bedeutete Maria einzutreten. Maria fielen ihre Hände auf, die hervorstehenden Adern und die braunen Flecken, die typisch sind für die Hände alter Leute. Sie wurde in eine Garderobe geführt, einen richtigen Badezimmervorraum, hinter dem, wiederum von einem blauweiß gestreiften Baumwollvorhang verborgen, das Becken sein musste, denn man hörte das Geplätscher leicht bewegten Wassers.

Die Wände der Garderobe entlang waren Stühle aufgestellt, insgesamt sechs. Über jedem eine Kleiderablage: ein einfaches Brettchen aus hellem Fichtenholz mit drei Metallhaken. Bis auf einen quollen alle diese Kleiderhaken über von weiblichen Kleidungsstücken: Unterhöschen, Socken, Unterröcke, Unterhemden aus Wolle und Baumwolle, Büstenhalter und Röcke. Und unter den Stühlen standen in tadelloser Ordnung fünf Paar Schuhe. Maria fiel ein Paar orthopädische Schuhe aus schwarzem Kalbsleder auf. Die Kleidertrauben zeichneten sich mit ihrem Stoff- und Farbengewirr deutlich vor den kahlen Wänden ab. Auf dem Fußboden Wasserspritzer. Die ältere Schwester führte sie vor den einzigen freien Stuhl, einen Stuhl mit handgeflochtener Sitzfläche aus Stroh, genau wie man sie früher in Bauernküchen sehen konnte; dann begab sie sich zum anderen Ende der Garderobe, wo Maria erst jetzt die Anwesenheit einer Frau mittleren Alters mit kurz geschnittenem schwarzem Pagenkopf und gespreizten Beinen bemerkte, die, in einen kurzen Umhang aus grünem Wachstuch gehüllt, heftig mit den Zähnen klapperte. Ohne zu sprechen, begann die ältere Schwester mit langsamen Gesten, wie wenn es ihr Mühe machte, die Frau anzuziehen, die Maria für die einzige Überlebende der fünf hielt. Hin und wieder warf sie Maria einen Blick zu, den diese als Aufforderung interpretierte, sich allein zu entkleiden.

In der stillstehenden, von Erwartung geschwängerten Luft begann sich also die Angulema zu entkleiden, wobei sie jede ihrer Gesten abwog. Sie befreite sich vom Schleier; danach war die Schürze dran, aber es gelang ihr nicht, sie aufzuknöpfen. Da merkte sie, dass ihre Hände zitterten. Schließlich riss sie zwei flache, breite Knöpfe aus falschem Perlmutt ab, die über den nassen Fußboden rollten. Sie zog die nach Rattengift stinkenden, weißen Turnschuhe aus und stellte sie nebeneinander unter den ihr zugewiesenen Stuhl. Sie zog sich die Strümpfe herunter, die sich nicht gleich lösten, weil die Silikonspitze wegen der Feuchtigkeit an den Schenkel kleben blieb. Sie spürte den nassen Boden unter ihren Füßen. Die Frau mit dem Pagenkopf klapperte immer noch mit den Zähnen, obwohl sie jetzt vollkommen angezogen war. Die ältere Schwester nahm sie am Arm und führte sie zum Ausgang. Maria war allein geblieben. Jetzt hatte sie nur noch den kurzen Apothekerkittel und die Unterhose an, gepolstert mit dem dicken Wattebausch, den sie am Tag vorher hineingestopft hatte. Sie fühlte sich wieder schmutzig und befleckt.

Mechanisch rollte sie den Kittel über die Hüften hinauf, und da sie glaubte, nun fertig zu sein, blieb sie reglos stehen, mit zur Wand gewandtem Gesicht, die Knie eng nebeneinander an den Rand des Stuhls gelehnt. Sie spürte, wie die Kälte unter ihren nackten Füßen vom nassen Steinboden an ihr hinaufkroch.

Dann wurde auch der letzte blauweiß gestreifte Vorhang gelüftet, und es erschien das lächelnde Gesicht einer jungen Schwester mit zerrauftem Haar. Darauf gesellte sich zu dem ersten lächelnden Gesicht ein zweites, und auch die zweite Schwester war jung und hatte volles, zerrauftes Haar. Beide hatten die Ärmel der Uniform bis zum Ellbogen zurückgekrempelt, und ihre Unterarme waren nass. Sie waren also die Bademeisterinnen, diejenigen, die sie ins Wasser tauchen würden.

Die beiden Bademeisterinnen blinzelten und lächelten ihr zu und bedeuteten ihr mit einer Kopfbewegung, sie solle eintreten. Maria bewegte sich, verfolgt vom Tamtam der Anrufungen, das von draußen kam, »Unsere Liebe Frau von Lourdes, bitt für uns«, »Heilige Bernadette, bitt für uns«.

Die Bademeisterinnen packten sie gleichzeitig an den

Handgelenken und zogen sie hinein. Der Vorhang schloss sich hinter ihr, und die Drohung des bevorstehenden Urteils wurde greifbar im plötzlichen Verstummen aller Stimmen und Laute.

Maria sah unter sich das lange, schmale Rechteck des Beckens aus gelb gewordenem Stein. Im Becken schwamm ein weißes Handtuch; eine der Bademeisterinnen nahm es heraus, wrang es über dem Fußboden aus und warf es in eine Ecke. Es sah aus wie eine tote Katze.

Sie spürte, wie sie sachte zu den drei Stufen geschoben wurde, die in das Becken führten. Sie musterte das Wasser von oben, um irgendetwas von dem Dreck, Blut, Eiter, Härchen zu erspähen, die angeblich darin herumschwammen. Aber das Wasser war durchsichtig. Eine dritte Schwester stand dann hinter ihr, umarmte sie von hinten und sprach ihr Worte ins Ohr, die Maria noch nie gehört hatte: »Fasse einen Vorsatz!« Das verstand sie nicht, aber es machte ihr nichts aus. Die beiden Bademeisterinnen nahmen sie jede bei einer Hand und ließen sie ihre Arme ausbreiten wie zum Flug geöffnete Flügel. Die dritte Schwester forderte sie auf, in das Wasser hinunterzusteigen und zum anderen Ende des Beckens zu gehen, und sagte ihr noch einmal, sie solle einen Vorsatz fassen. Maria blickte auf und sah an der Wand am anderen Ende des Beckens eine kleine Statue Unserer Lieben Frau von Lourdes aus weißem und blauem Plastik, nicht größer als zwanzig Zentimeter, in der Luft schweben. Die hinter ihr stehende Schwester sagte, sie solle die Statue küssen.

Mit zitternden Beinen, ausgebreiteten Armen, die Hände fest in den feuchten Händen der Bademeisterinnen, stieg Maria die drei Stufen hinunter und begann in dem Becken, dessen Wasser ihr halb über die Oberschenkel reichte, vorwärts zu gehen. Sie blieb erst stehen, als sie sich vor der Statue Unserer Lieben Frau befand. Sie fasste keinen Vorsatz, weil sie nicht wusste, was das war, doch sie neigte leicht den Kopf, um das Bildnis mit gesenkten Lidern zu küssen.

Sie öffnete die Augen wieder und wurde überwältigt vom phänomenalen Licht der LIEBE. Auf der Mauer dort war die LIEBE. Maria wusste, das war der Herr, ihr Gott, der Ewige, der in dem Augenblick für sie auf die Mauer gekommen war, und zugleich wusste sie, Er war der Vater und Er war allerorten. Der Regen der LIEBE überströmte sie, sie spürte, wie er in sie eindrang, in ihr verschmolz, in dem armseligen Körper, den Er ihr gegeben hatte. Der Vater war in ihr, aber auch außerhalb von ihr und ganz um sie herum. Er war der Wirt und zugleich der Gast, der Herr. Er war schon vorher da gewesen und würde für immer da sein. Maria wusste, mit einem Wissen, das kein geschriebenes und kein gesprochenes Wort war, sondern eine Gabe Gottes, wie sehr Er sie geliebt hatte und wie sehr sie Ihn gesucht hatte, als sie Seinen Namen noch nicht kannte. Und sie wusste, dass dieser Ort des Glanzes sie so stark geliebt hatte, weil sie das letzte unter den letzten Seiner Kinder gewesen war, weil sie allein auf dem letzten Platz am Ende des Endes der letzten gestanden hatte und Er sie vergessen zu haben schien.

Der Vater hatte sich zu ihr herabgeneigt und alles in ihr war Freude, und in dieser unermesslichen Freude erklärte sich Maria als Seine Magd, als Seine über alles geliebte Tochter und Seine Magd. Und sie wusste, der Bräutigam war der Vater und Er umfasste sie ganz in einer Liebesumarmung.

Da dankte sie Ihm für die Verlassenheit ihrer Seele, für den grausamen Tod ihres Vaters, der sie zu Ihm gebracht hatte, für die Nacht, in der er sie verlassen hatte, und für das Licht, das sie jetzt tröstete; und gleichzeitig spürte sie, dass sie diese Freude nicht verdiente. Und sie bereute zutiefst: ihren Stolz und ihren Hochmut, dass sie alle, die um sie waren, beurteilt und verachtet hatte, dass sie es nicht verstanden hatte, in Demut zu gehorchen und zu dienen, dass sie die Kranken nicht gepflegt hatte, dass sie Neid empfunden hatte, dass sie den Ort, an den Er sie hatte rufen wollen, mit blinden Augen betrachtet hatte, dass sie nur seinen äußeren Schein gesehen hatte, ohne imstande zu sein, seine Heiligkeit zu sehen, und dass sie sicher gewesen war zu verstehen, während ihre Seele in die Finsternis gesunken war. Und sie bat den Vater um Verzeihung dafür, dass sie es gewagt hatte, den göttlichen Plan mit dem Maß ihres hochmütigen Unwissens zu messen und das Leiden, das Er ihr geschenkt hatte, als Ungerechtigkeit erlebt zu haben.

Als Maria von den zwei Bademeisterinnen an den Händen gezogen wurde, drehte sie sich um und ging durch das Becken zurück, von Ihm geblendet. Sie würde sich nicht mehr zu der Mauer zurückwenden, aus Furcht, das Licht nicht mehr zu sehen. Aber Er war überall, als Flamme der LIEBE.

Jetzt weinte Maria nicht mehr: Sie lächelte. Und immer noch lächelnd, von dem blendenden Licht geführt, ging sie die drei Stufen hinauf und fühlte sich noch einmal umarmt: Die dritte Schwester, die sie nie von Angesicht hatte sehen können und nie würde sehen können, nahm sie in ihre offenen Arme auf und drückte sie an sich. Und nun endlich, in der Umarmung der Mutter, rezitierte Maria das Salve Regina, das ihr so viel Mühe bereitet hatte, und alle Worte waren am richtigen Platz: »Wohlan denn, unsere Fürsprecherin!«

Und bei dieser Umarmung, die sie wieder ins Diesseits stellte, wusste Maria, dass sie mit ihrer neuen Bürde der LIEBE, dem Geschenk des Bräutigams, Desjenigen, der bereits wieder verschlossen und unsichtbar geworden war, die fünfzehnte Station des Lebens erreicht hatte.

Titel der italienischen Originalausgabe:
Lourdes

1. Auflage 2010

www.diaphanes.net

Satz und Layout: 2edit, Zürich
Druck: Pustet, Regensburg

ISBN 978-3-03734-072-1